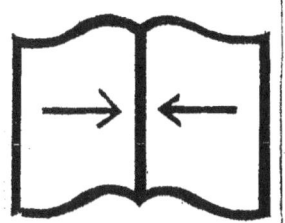

RELIURE SERREE
Absence de marges
intérieures

Couverture inférieure manquante

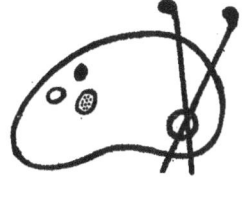

Original en couleur
NF Z 43-120-8

ANDRÉ THEURIET

CONTES DE LA VIE DE TOUS LES JOURS

LES

OEillets de Kerlaz

MÉLINE — LE VIN DE MAI

MUSICIENS TSIGANES. — LE FOSSOYEUR, ETC.

PARIS

ALPHONSE LEMERRE, ÉDITEUR

27-31, PASSAGE CHOISEUL, 27-31

M DCCCLXXXVII

Les OEillets de Kerlaz

DU MÊME AUTEUR:

POÉSIE

ÉDITION ELZÉVIRIENNE

THÉÂTRE

ROMAN

ANDRÉ THEURIET

CONTES DE LA VIE DE TOUS LES JOURS

LES

Œillets de Kerlaz

MÉLINE. — LE VIN DE MAI
MUSICIENS TSIGANES. — LE FOSSOYEUR
DOROTHÉE. — LA FLOUVE ODORANTE, etc.

PARIS

ALPHONSE LEMERRE, ÉDITEUR

27-31, PASSAGE CHOISEUL, 27-31

M DCCCLXXXVII

Les OEillets de Kerlaz

A MADAME HÉLÈNE THEURIET

Comme on trouve en plein roc des eaux vives encloses,
Dont la fraîcheur nourrit les herbes des sentiers,
Il est des lieux aussi que les larmes des choses
D'une morne tristesse imprègnent tout entiers.

Le vieux manoir perdu dans la lande bretonne,
Parmi les chênes verts où soupire le vent,
Chère, tu t'en souviens ?... Durant les soirs d'automne
Nous en avons tous deux reparlé bien souvent.

Les rares visiteurs qui longent l'avenue
Ont l'air de revenir d'un monde d'autrefois,
Tant la molle épaisseur de la mousse atténue
La rumeur de leurs pas et le son de leurs voix.

Le double arceau tréflé d'un portail en plein-cintre
Laisse voir, comme au fond d'un grand cadre sculpté,
Un calme intérieur qui ravirait un peintre
Par sa grâce pensive et son intimité.

Une vigne a grimpé jusqu'aux lucarnes hautes
De l'escalier de bois dont les ais vermoulus,
En criant sous les pieds, font repenser aux hôtes
Qui jadis y montaient et qu'on ne verra plus.

Le colombier rustique où vibre un frisson d'ailes,
Les cyprès du jardin, la grille aux gonds rouillés,
Tout parle en ce logis de souvenirs fidèles
Et lointains, qu'on évoque avec des yeux mouillés.

Veuve et de noir vêtue, à la mode ancienne,
Conversant à mi-voix comme au chevet d'un mort,
La dame du manoir, taciturne gardienne,
Veille pieusement sur ce passé qui dort.

L'âpre vent de la mer qui souffle sur la lande,
Lui murmure à travers l'abri des pins mouvants
Un chant plaintif et doux comme un air de légende,
Mais ne lui porte plus les clameurs des vivants.

La maison est vouée à la mélancolie.
Les arbres et les murs semblent remémorer
Quelque histoire d'amour dans l'ombre ensevelie,
Et se vêtir de deuil afin de la pleurer.

L'image des objets dans les sources dormantes
Tremble comme un reflet mourant des jours défunts,
Et dans l'eau des fossés les baumes et les menthes
Comme en un rêve, ont l'air d'exhaler leurs parfums.

Les fleurs du jardinet : roses et citronnelles,
OEillets et liserons sur le sol répandus,
Ont ces regards navrés qu'on lit dans les prunelles
D'un ami survivant à ses amis perdus.

Dans le salon désert, sous les lambris de chêne,
Il semble qu'on entend chuchoter faiblement
D'étranges voix du temps jadis. — Sur le domaine
L'âme du Souvenir plane éternellement.

On cherche à deviner la douloureuse histoire
Dont ce logis en deuil fut le muet témoin;
Mais, sourde aux questions, la veuve en robe noire
Seule en sait les détails et ne les redit point...

Attiré cependant par cette énigme obscure,
Avec toi j'ai tenté d'en percer le secret;
Chère femme, ton cœur fertile en conjecture
Dissipait lentement l'ombre qui l'entourait.

Ainsi recomposant l'intime tragédie,
Replaçant les héros dans leur cadre ancien,
J'ai refait leur histoire, et je te la dédie,
O femme. C'est ton livre encor plus que le mien.

Prends-le donc. Puisse-t-il, durant les soirs d'automne,
Te rapporter comme un cordial simple et fort
La pénétrante odeur de la lande bretonne,
Cette terre où l'Amour est vainqueur de la Mort.

Novembre 1884.

LES OEILLETS DE KERLAZ

I

ELLE se nommait Anne de Ploudaniel et demeurait avec son père au manoir de Kerlaz, dans un pays perdu en pleine sauvagerie, entre Douarnenez et le Raz de Sein. Le manoir, bâti à la fin du XVIᵉ siècle, tourne le dos à l'Océan, dont il est séparé par une lieue de landes et par des bois de pins qui le protègent contre le vent de mer. Une longue avenue de hêtres centenaires, recourbés en voûte au-dessus du chemin herbeux, descend du village

de Poullan jusqu'à la grande porte tréflée de la
cour, où deux façades en équerre ouvrent leurs
fenêtres à croisillons sur un antique jardin plein
de plantes vivaces. De ce côté, l'horizon restreint
est borné par une épaisse charmille qui longe le
mur de clôture, entre la tourelle pointue d'une fuie
où des pigeons roucoulent tout le jour, et les
contreforts d'une chapelle transformée en grange,
dont les ogives bouchées jusqu'à mi-hauteur sont
tapissées de pariétaires et de ravenelles.

C'est dans cette solitude à la fois mélancolique
et intime qu'était née Anne de Ploudaniel. Comme
elle avait perdu sa mère de bonne heure, M. de
Ploudaniel, tout occupé de chasse, de pêche et
de culture, la mit au couvent de Pont-Croix dès
qu'elle fut en âge de faire sa première commu-
nion, et elle y resta jusqu'à dix-huit ans. Elle
revint à Kerlaz, ayant appris tout ce que les
sœurs pouvaient lui enseigner : — un peu de
lecture, d'écriture, d'histoire sainte et beaucoup
de couture. — Ayant l'esprit curieux et l'imagination vive, elle compléta cette instruction rudi-
mentaire en lisant les livres enfouis dans un
coffre du grenier, qui composaient toute la
bibliothèque du manoir : — des récits de voyage,

la *Maison rustique* et une vingtaine de volumes
dépareillés du théâtre de Corneille, de Racine et
de Voltaire. — Elle avait de nombreux loisirs,
le ménage l'absorbant peu et le bonhomme
Ploudaniel lui laissant volontiers la bride sur le
cou. Une fois les repas ordonnés, et après les
soins prodigués aux fleurs du jardin, elle partait
ayant en poche son livre favori, et, à travers les
bois parfumés d'odeurs résineuses, à travers les
landes dorées d'ajoncs épanouis, elle allait jusqu'en vue de la mer, tantôt lisant une page, et
tantôt rêvant, le regard perdu dans le mouton-
nement glauque de l'Océan, dont les lointains
vaporeux se confondaient avec les nuées.

Anne de Ploudaniel était alors une jolie fille
dans la pleine et délicate verdeur de la jeunesse.
De taille moyenne, comme la plupart des femmes
de la Cornouaille, mais élégante et svelte, bien
campée sur ses hanches, le buste souple, la poitrine développée et harmonieusement encadrée
dans de belles épaules tombantes, elle avait la
peau blanche, les cheveux châtains et les admi-
rables yeux vert de mer de la pure race celtique.
Et pourtant cette beauté, dans sa prime saison,
ces yeux grands ouverts, ces lèvres rouges

comme des framboises mûres, n'avaient encore
tenté aucur épouseur. Aucun amoureux, venu
de Pont-Croix ou de Douarnenez, n'avait encore
rôdé dans les chemins creux, bordés de chèvre-
feuilles qui contournaient le manoir où l'héritière
de Kerlaz achevait solitairement sa vingt-qua-
trième année.

Quoique fille unique, Anne de Ploudaniel
n'était pas riche. Les Ploudaniel de la branche
cadette n'avaient eu en partage que Kerlaz et les
maigres terres qui l'entourent. On vivait modestement sur le domaine dont les produits : légumes, fruits et gibier, servaient à nourrir la famille;
mais les espèces monnayées étaient rares. De
loin en loin, on vendait sur pied quelques pins
aux gens de la marine; cela suffisait à parer aux
dépenses extraordinaires, et c'était tout. Il exis-
tait bien, à Paris, des Ploudaniel de la branche
aînée, occupant une position brillante et lotis
d'une soixantaine de mille francs de rentes, mais
ils avaient des enfants, chacun le savait, et il
n'était guère probable que leur fortune vînt
jamais accroître le patrimoine de leurs pauvres
cousins de Kerlaz.

Malgré sa fine fleur de beauté, mademoiselle

Anne de Ploudaniel risquait donc de coiffer sainte
Catherine ou de rentrer comme novice au couvent de Pont-Croix; et pourtant elle n'en avait
nulle envie. Loin d'éteindre l'ardeur de son imagination, la solitude l'avait encore avivée; dans la
verdoyante étendue de la lande, ses rêves.étaient
à l'aise pour prendre l'essor; le souffle fortifiant
de la brise de mer lui fouettait le sang, et l'afflux
sanguin lui faisait monter au cerveau de confus
désirs de tendresse, de joyeuses images d'enfants
pendus à ses jupes. Alors, les joues plus colo-
rées, les yeux plus scintillants, elle allait s'asseoir
à l'extrémité d'une pointe qui surplombait au-
dessus de la baie. Elle regardait, parmi le scin-
tillement argenté des vagues bleuâtres et fris-
sonnantes, les voiles des pêcheurs s'éparpiller
vers le large, tantôt blanches et tantôt rosées
suivant les jeux de la lumière. Ses regards, passant par-dessus la baie, remontaient jusqu'aux
cimes lilas ou gris-perle du Méné-Hom; son
cœur battait et elle se demandait si le printemps
allait se passer encore en trompant son attente...
Un espoir renaissait en elle. Il lui semblait im-
possible que sa jeunesse restât indéfiniment solitaire, et que l'inconnu tant rêvé ne se décidât

point à surgir de l'Océan, à bord de quelque barque enchantée qu'un bon vent pousserait jusque vers la grève de Kerlaz.

Elle s'en revenait plus confiante; un apaisement se faisait dans son cœur, en même temps que la tranquillité du soir tombait sur les bruyères, dont la lointaine flèche aiguë du clocher de Saint-Beuzec coupait seule la nappe fuyante et unie. Les petits églantiers nains qu'Anne foulait aux pieds répandaient autour d'elle une fine odeur musquée; le religieux silence de la lande n'était interrompu que par les tintements de clochette de quelque vache solitaire. Une chaude vapeur aromatique enveloppait les bois de pins où la jeune fille cheminait sur un sol tapissé d'aiguilles craquantes. Au moment de franchir la porte du manoir, elle enfonçait curieusement son regard dans l'avenue de hêtres déjà plus obscure, à l'extrémité de laquelle la lune demi-pleine, se montrant tout à coup dans l'étroite baie formée par les branches, jetait un long réseau de rayons diamantés sur les ornières herbeuses.

— Qui sait, se disait-elle en s'arrêtant sur le seuil, qui sait si, un de ces matins, l'inconnu n'apparaîtra pas, à son tour, au fond de l'avenue?...

II

UNE après-midi de juin, Anne se promenait avec son père dans le jardin de Kerlaz. L'air était tiède, le ciel clair et ouaté de légers nuages blancs; les citronnelles, les œillets et les résédas des plates-bandes répandaient un suave parfum d'été. Le père et la fille avaient déjà fait cinq ou six fois le tour des allées bordées de buis et de lavande, quand le trot d'un cheval résonna sous les hêtres de l'avenue. Tous deux relevèrent la tête en même temps. — Quel pouvait être ce visiteur? La jument du *domaniou* avait le pas plus lourd, et le bidet du recteur de Poullan ne trottait pas de cette façon fringante et délurée. — La cloche longtemps silencieuse, qui se rouillait à l'angle du cintre surbaissé du porche, tinta énergiquement. Anne tressaillit, et au même moment, les deux battants de la porte, ouverts par Mariannic, livrèrent passage à un jeune cavalier qui sauta lestement à terre, puis salua le bonhomme Ploudaniel qui écarquillait les yeux.

— Bonjour, mon cousin! s'écria-t-il d'une voix joviale, je suis Tanguy de Ploudaniel et je vous apporte une lettre de mon père...

Le bonhomme mit ses lunettes et déchiffra, non sans peine, l'épître du Ploudaniel de la branche aînée. Elle était ainsi conçue :

« Mon cher cousin,

« Pour des raisons qu'il serait trop long d'énumérer, j'ai jugé à propos d'éloigner de Paris mon fils, momentanément. Je l'envoie au pays vous porter, ainsi qu'à notre aimable cousine, tous nos affectueux compliments. Soyez assez bon pour lui donner pendant qu'il restera en Bretagne, l'hospitalité à Kerlaz — à charge de revanche quand vous viendrez enfin nous voir à

Paris. Laissez-moi espérer que ce sera bientôt et recevez, en attendant, les cordiales embrassades de votre dévoué,

« HENRY DE PLOUDANIEL. »

Tandis que M. de Ploudaniel achevait de lire, Anne, à peine remise de son étonnement, examinait à la dérobée ce jeune cousin qui lui tombait des nues. — Agé de vingt-cinq ans environ, bien pris dans son veston noisette, blond, la moustache en pointe, Tanguy de Ploudaniel avait la mine assurée, avenante et satisfaite d'un garçon pour lequel la vie n'a encore eu que des gâteries et des sourires. Des gens plus observateurs eussent peut-être trouvé qu'il semblait trop content de sa personne et que son front étroit contenait plus de préoccupations égoïstes que d'idées sérieuses ; mais à mademoiselle de Ploudaniel, qui n'était pas gâtée, le cousin Tanguy, dont l'enveloppe correcte fleurait toutes les élégances parisiennes, parut le type du gentleman accompli.

— Mon cousin, dit M. de Ploudaniel en empochant sa lettre, je suis enchanté de vous voir et vous êtes ici chez vous.

Il l'embrassa, puis le poussant vers Anne rougissante et effarouchée : — Voici votre cousine, ajouta-t-il, embrassez-la aussi !

Et la moustache blonde en pointe effleura par deux fois les joues vermeilles d'Anne, qui en frissonna tout entière.

On installa le cousin dans la plus belle chambre du premier, celle que décorait un pied de vigne en fleurs, et dont le soleil de midi illuminait gaîment les murailles blanchies à la chaux.

On le choya, Dieu sait ! Pour fêter ce Parisien, Anne s'ingéniait à inventer chaque jour de nouvelles combinaisons culinaires. Toutes les ressources du domaine furent mises à contribution : le poisson le plus frais, le beurre le plus fin, les crêpes les plus savoureuses, abondaient à la table de Kerlaz, et Mariannic était sur les dents. Le jeune Ploudaniel se laissait faire et goûtait à tout en homme qui condescend à manger des merles faute de grives. Au fond, ce séjour à l'extrême pointe de la Cornouaille lui semblait un exil chez les Hurons, mais il savait vivre et montrait une figure aimable, tout en regrettant en son par-dedans les cavalcades au

Bois, les soirées du Cirque et les soupers au Café Anglais. D'ailleurs cette petite cousine Anne, à la fois timide, fière et brusquement expansive à travers ses effarouchements ; cette jolie bretonne aux grâces sauvages et aux grands yeux verts étonnés, distrayait fort agréablement la solitude à laquelle il était condamné. La saine et délicate beauté de ce sauvageon poussé en pleine lande le reposait des petites dames aux lèvres trop rouges et aux cheveux trop jaunes, qui avaient vraisemblablement motivé sa déportation en Bretagne.

Les deux jeunes gens passaient une bonne part de leur temps en tête-à-tête. Retenu au logis par de fréquents accès de goutte, M. de Ploudaniel avait confiance en eux et les laissait vagabonder à leur aise parmi les champs.

Que de joyeuses parties ils firent alors ensemble pendant les longues journées d'été !

Tantôt, montés chacun sur un de ces chevaux bretons à la crinière emmêlée et au trot endiablé, ils galopaient à travers la lande et poussaient jusqu'au Raz de Sein. Ensemble, ils escaladaient les amoncellements de rochers jusqu'à la pointe et, penchés au-dessus de l'Enfer de Plogoff, ils

écoutaient au fond du gouffre les hurlements des
vagues tourbillonnantes dont l'écume tiède venait
leur fouetter le visage. Ils repartaient ayant encore
aux oreilles les coups de tonnerre des lames entre-
choquées. Ils allaient plus lentement ; avec les
ombres grandissantes du soir, une douce mélancolie les enveloppait et donnait un tour plus tendre à leur causerie.

Tantôt, à marée basse, dans la fine lumière du
matin, ils se mettaient à la poursuite des crabes et
des langoustes au long des roches de Saint-Ronan.
D'un mouvement à la fois hardi et chaste, Anne
relevait ses jupes jusqu'aux genoux et s'aven-
turait gaîment dans l'eau clapotante, montrant
innocemment à son cousin la ronde et svelte
blancheur de ses jambes de Diane chasseresse.
La mer basse murmurait câlinement au loin,
devant eux, et de petites vagues venaient parfois leur lécher les chevilles ; une brise salée leur
soufflait dans les cheveux et ils l'aspiraient voluptueusement, tout en enfonçant ensemble leurs
bras nus, qui se rencontraient, dans les anfrac-
tuosités des roches rougeâtres. Grisé par le
grand air et aussi par la vue de ces jambes
rondes et de ces bras blancs, Tanguy de Plou-

daniel éprouvait par moment la tentation de baiser cette jolie tête de jeune fille qui frôlait la sienne; mais comme, malgré ses airs étourdis, il était doué d'un esprit pratique et relativement honnête, et comme ce baiser eût été certainement interprété par sa cousine dans le sens d'un engagement tacite à un futur mariage, il mettait prudemment une martingale à ses tentations et claquemurait ses désirs. Il se contentait de tourner un compliment moitié galant et moitié moqueur, dont la cousine Anne rougissait jusqu'aux yeux, tout en faisant immédiatement retomber ses jupes sur ses pieds nus.

Ainsi peu à peu s'établissait entre les deux cousins une délicieuse intimité, naïvement confiante et attendrie du côté de la jeune fille; enjouée, complimenteuse, mais plus réservée du côté de Tanguy. Dans sa candide et novice ingénuité, Anne de Ploudaniel prenait pour argent comptant les fleurettes et paroles dorées dont le jeune homme n'était point avare. Elle buvait comme un philtre cette liqueur frelatée; elle savourait ces faux-semblants de tendresse qu'elle regardait comme les prémisses d'une passion sérieuse. Elle croyait naïvement que l'heure était proche où

Tanguy s'expliquerait avec l'impétuosité d'un amoureux franchement épris, et elle attendait avec un sourd battement de cœur le moment à la fois redouté et désiré où il lui déclarerait nettement son amour. Mais les heures s'envolaient, les soleils levants et les soleils couchants se succédaient sur la lande, et ce moment décisif n'arrivait pas. Tanguy toujours souriant et toujours maître de lui se contentait d'égrener insoucieusement le chapelet de ses galanteries sans conséquences.

Juin, juillet et une bonne moitié d'août étaient passés ; les digitales pareilles à des doigts roses avaient remplacé dans les chemins creux la pâle floraison des églantiers, et les brumes transparentes qui planaient sur la baie annonçaient déjà l'approche de l'automne. Un soir, le piéton apporta à Tanguy une lettre de son père qui mettait un terme à son exil. On avait obtenu pour lui une place d'attaché dans une légation d'Allemagne et le moment était venu de partir. Au souper, Tanguy se hâta d'annoncer la nouvelle. Sans remarquer la pâleur subite et les yeux humides de mademoiselle de Ploudaniel, il ajouta d'un ton enjoué qu'il se souviendrait toujours de la cordiale hospitalité de son cousin et de la bonne grâce de sa cousine. Le lendemain matin, il prépara tout pour son départ, car il devait aller coucher à Quimper, d'où la poste le ramènerait à Paris.

Après le déjeuner, et en attendant qu'on attelât les chevaux à la vieille calèche, il se trouva seul avec Anne dans le jardin. Les départs sont toujours mélancoliques, et, en dépit de sa légèreté, Tanguy se sentait devenir plus tendre au moment de quitter sa jolie cousine. Ils longeaient tous deux silencieusement les plates-bandes fleuries; lui, cherchant des paroles émues pour prendre congé; elle, trop troublée et ayant le cœur trop serré pour parler. Ils s'arrêtèrent un instant devant une corbeille d'œillets blancs et roses, magnifiquement épanouis.

— Cousine, dit le jeune homme, quelle chose triste qu'un départ! Je suis venu en Bretagne en rechignant, et maintenant c'est à regret que je m'en vais...

— Bien vrai? murmura mademoiselle de Ploudaniel en refoulant un sanglot.

— Sur l'honneur!... Je porte envie aux œillets de Kerlaz; ils fleuriront près de vous et vous verront chaque jour, quand, moi, je serai bien loin.

— Eh! bien, emportez-les! s'écria-t-elle, ils vous parleront de nous pendant le voyage.

Et, brusquement, impétueusement, elle moissonna les œillets de la corbeille, et les présenta en gerbe à son cousin, qui en fut tout remué.

— Ah! cousine, s'exclama-t-il avec l'accent d'un homme sérieusement touché, vous êtes aussi bonne que belle et je ne vous oublierai jamais!

En même temps il prit les petites mains brunies d'Anne de Ploudaniel et les couvrit de baisers.

Il ne se passa rien de plus. Les chevaux attelés piaffaient déjà dans la cour; M. de Ploudaniel appela Tanguy; on s'embrassa une dernière fois en jurant de se revoir le plus tôt possible; puis le jeune homme sauta dans la calèche avec le bouquet d'œillets qu'il serrait contre ses lèvres; le *domaniou* fouetta ses bêtes et l'équipage s'éloigna en cahotant avec un bruit de ferraille.

Anne, le cœur gros et les yeux mouillés, restait immobile sous le porche. Elle regardait monter, puis se rapetisser et disparaître tout au fond de la longue avenue l'antique voiture de famille qui emportait son premier et son seul amour...

III

PRÈS le départ de Tanguy, le manoir de Kerlaz reprit son train de vie monotone et somnolent. La lande étendit tout à l'entour sa verdoyante solitude; les vents d'ouest en traversant les bois de pins le bercèrent de leur musique assoupissante, et on y vécut de nouveau comme dans le château de la Belle au bois dormant.

Au loin, le monde s'agitait fiévreux et affairé : des peuples lancés l'un contre l'autre se heurtaient aux frontières et leur choc formidable faisait crouler des empires; — mais à Kerlaz, où les journaux pénétraient rarement et où le piéton

de la poste ne s'arrêtait que de loin en loin, les
bruits du monde arrivaient plus confus et plus
sourds que les rumeurs de la mer. On labourait,
on ensemençait les maigres champs du domaine;
on filait au fuseau devant les landiers, en hiver,
ou sur le perron du jardin, en été; on moisson-
nait les seigles, on récoltait les châtaignes; les
années s'écoulaient ainsi toutes semblables, et le
bonhomme Ploudaniel s'envieillissait à mesure.

Anne avait recommencé ses promenades dans
la lande, mais elle ne lisait plus; elle se bornait
à ruminer ses souvenirs et à revisiter les sentiers
parcourus en compagnie de son cousin. Comme
ces enfants qui ramassent des coquillages sur la
grève et occupent ensuite leurs soirées d'hiver à
recompter et à admirer leurs trouvailles, elle
reprenait un à un tous les incidents de cette
rapide et chaude saison dont Tanguy avait été
le rayon de soleil, elle se complaisait à en raviver
la mémoire et à en ressaisir les parfums épars.

Quelques jours après le retour de Tanguy, les
Ploudaniel de Paris avaient écrit pour remercier
chaleureusement leur cousin de Bretagne, et à
cette lettre le jeune homme avait joint un billet
où il mandait à sa cousine que son bouquet

l'avait seul consolé des ennuis du voyage. Dans
la réponse qu'elle rédigea sous la dictée de son
père, Anne de Ploudaniel trouva le moyen de
glisser un œillet soigneusement aplati au préalable dans un gros dictionnaire.

Elle espérait que Tanguy lui en accuserait ré-
ception, mais son attente fut déçue et le silence
se fit entre les deux familles, qui se contentèrent
d'échanger, comme par le passé, leurs souhaits au
retour du premier janvier. Trois ans après, le
bonhomme Ploudaniel mourut d'un accès de
goutte remontée au cœur. L'orpheline annonça
ce triste événement à ses cousins qui lui répondirent par une affectueuse lettre de condoléance,
mais ce fut tout. Mademoiselle de Ploudaniel se
trouva plus seule que jamais dans son manoir
endormi.

Les mois, les années poursuivirent leur cours
monotone, affaiblissant la douleur de l'héritière,
comme ils avaient fané la verdeur de ses rêves
d'amour.

Elle touchait maintenant à sa trentième année
et la solitude lui pesait davantage. Elle n'avait
jamais eu le goût du célibat, et en voyant se
dessécher sa jeunesse, elle éprouvait avec plus

d'intensité encore l'ennui de son isolement.
D'ailleurs, dans le domaine de Kerlaz la présence
d'un homme était nécessaire. Anne n'entendait
rien à la direction des travaux de culture; elle se
laissait voler par ses métayers, gruger par ses
domestiques et exploiter par ses voisins. Il était
urgent de mettre un terme à ces abus, sans quoi
les modestes revenus de Kerlaz risqueraient d'être
réduits à zéro.

Seulement, où trouver un mari? Dans les familles nobles des environs, les jeunes gens quit-
taient le pays dès vingt ans pour aller chercher
fortune, et les rares célibataires qui restaient, se
souciaient peu d'épouser une fille déjà mûre, qui
ne leur apporterait en dot que les landes de
Kerlaz.

Or il y avait à cette époque, à Poullan, un
jeune homme d'une trentaine d'années, nommé
Jean Le Bozellec, qui était devenu régisseur d'un
domaine voisin, après avoir servi dans la marine
de l'État. C'était un honnête et robuste garçon
à l'œil clair, à la peau tannée, aux larges épaules,
très entendu en affaires. Il avait eu l'occasion d'être
utile à mademoiselle de Ploudaniel, qui l'avait
plusieurs fois invité à sa table. Peu à peu, bien

qu'on en jasât au village, une certaine intimité
s'était établie entre eux; mais jamais, au grand
jamais Jean Le Bozellec n'eût osé hausser son
ambition jusqu'à aspirer à la main de la Demoiselle dont il était le commensal et le conseil. Ce
fut Anne qui, pour couper court aux caquets de
la paroisse, fit plus de la moitié du chemin, et
qui nettement lui proposa le mariage. Un beau
jour, les bans furent publiés et mademoiselle de
Ploudaniel devint humblement, bourgeoisement
madame Jean Le Bozellec.

Naturellement cette mésalliance scandalisa
toute la noblesse des entours. On déclara que la
conduite de mademoiselle de Ploudaniel était
honteusement indécente; des gens qui lui eussent
pardonné de prendre l'ancien marin pour amant,
crièrent à l'immoralité en apprenant qu'elle
l'épousait, et la nouvelle mariée fut traitée en
paria par la gentilhommerie du canton. Anne,
du reste, en fut plus mortifiée que surprise; elle
avait d'avance prévu et porté en compte les conséquences de son dédain des préjugés sociaux.

Elle comprenait si bien la portée de l'acte
qu'elle venait de commettre, qu'elle se garda de
faire part de son mariage à ses cousins de Paris.

La seule pensée de Tanguy apprenant ce dénoû-
ment vulgaire lui faisait monter le rouge au
visage. Les Ploudaniel de la branche aînée furent
mis néanmoins au courant de l'aventure; ils haus-
sèrent les épaules et rompirent toute relation
avec cette parente déclassée.

Jean Le Bozellec lui-même semblait confus de
ce changement de condition si inespéré. Bien
qu'aux yeux de la loi il fût maître et seigneur
de Kerlaz, il n'en traitait pas moins Anne avec
une respectueuse déférence et s'efforçait de reconnaître la confiance qu'elle lui avait témoignée,
en prodiguant ses soins à la gestion du domaine.

Grâce à lui, Kerlaz prospéra; les revenus s'accrurent et madame Le Bozellec en profita pour
répandre plus d'aumônes autour d'elle. Elle était
devenue dévote, fréquentait les églises et donnait
beaucoup. Elle espérait faire plus vite oublier sa
mésalliance à force d'œuvres pies et charitables.
Aussi les « messieurs prêtres » de Poullan, de
Confort et de Pont-Croix, trouvant chez elle
une table abondamment garnie, s'abattaient-ils
à Kerlaz comme une volée de goélands, et ne
tarissaient-ils pas en éloges sur l'édifiante piété
de la dame du logis.

En dépit de tout cela, Anne n'était pas heureuse. D'abord son union n'avait pas été féconde, et sous ce rapport, sous d'autres encore peut-être, le mariage n'avait pas réalisé ses espérances ; puis elle n'était point parvenue à chasser de son cœur l'image de Tanguy de Ploudaniel. Bien souvent, pendant qu'elle redressait les tiges fleuries de ses œillets (elle en avait couvert les plates-bandes de son jardin), le souvenir des tendres paroles et des baisers passionnés de son cousin lui causait une étrange oppression.

Qu'était-il devenu? La vie avait-elle eu pour lui, du moins, de bons sourires et des jours ensoleillés? Se rappelait-il encore parfois cette tiède matinée d'août dans le jardin de Kerlaz?

Ce souvenir, qui la hantait comme un vieil air dont le refrain revient obstinément aux lèvres, était imprégné de la douce et perfide senteur du péché. Anne se reprochait de s'y abandonner avec trop de complaisance ; elle s'en accusait au confessionnal et s'imposait de dures pénitences. Mais quoi? c'était le seul et court roman de sa vie, et toujours, aux heures de solitude, Tanguy lui apparaissait comme un aimable revenant, avec ses cheveux frisés, ses yeux bleus

rieurs et ses moustaches en pointe. Elle ne pouvait repenser sans un damnable et délicieux frisson à ces matins de juillet où ils avaient chassé
ensemble, et jambes nues, les écrevisses de mer
dans les roches de Saint-Ronan...

Avec les années, les progrès de la civilisation
s'étaient fait sentir jusqu'à cette pointe extrême
de la Cornouaille. Le chemin de fer arrivait
maintenant à Quimper, et, peu à peu, il avait
amené à Douarnenez des visiteurs jusque-là in-
connus : touristes anglais et américains, peintres
parisiens en quête de nouveaux motifs et attirés
par l'originalité encore entière des mœurs cor-
nouaillaises. Un de ces derniers, le paysagiste
Villeneuve s'aventura avec sa femme jusqu'à
Kerlaz, et, charmé par la sauvagerie du site,
s'installa tant bien que mal dans l'auberge de
Poullan.

Des rapports familiers s'établirent assez vite
entre la femme du peintre et madame Le Bozellec. Celle-ci accueillit cordialement les Parisiens
et s'efforça de leur rendre un peu plus confortable
le séjour de l'auberge. Elle se trouvait heureuse
de pouvoir échanger de nouveau quelques idées
avec des gens appartenant au milieu social d'où

elle avait été exilée. Elle les questionnait sur Paris, sur les relations qui existaient entre les artistes et la société mondaine.

Un jour, elle se hasarda à prononcer le nom de Tanguy de Ploudaniel et à demander à la femme du peintre si elle le connaissait.

— Parfaitement. — Madame Villeneuve l'avait rencontré dans le monde et aussi à l'atelier de son mari; il était député et grand amateur de tableaux.

— Il est mon cousin, murmura madame Le Bozellec en rougissant.

— Eh bien, chère madame, il vous faudra l'aller voir un de ces printemps. Maintenant le voyage de Paris n'est plus qu'une bagatelle. Vous descendrez chez nous; nous vous conduirons au théâtre, aux musées, aux expositions, et nous vous amuserons de notre mieux...

Quand, à la fin de l'automne, les Villeneuve quittèrent Poullan, ils embrassèrent Anne et lui renouvelèrent leur invitation avec une insistance dont la sincérité n'était pas douteuse.

Celle-ci n'y répondit que par un sourire mélancolique. Certes, l'envie ne lui manquait pas de voir Paris, car, pour elle, Paris, c'était avant

tout le lieu où vivait Tanguy de Ploudaniel;
mais elle ne se dissimulait pas que son désir était
irréalisable. Elle était rivée à Kerlaz par toutes
sortes d'attaches difficiles à rompre : la force de
l'habitude, la médiocrité de ses revenus et surtout ses devoirs envers Jean Le Bozellec. Déjà
sa conscience timorée lui reprochait de penser
avec trop de douceur à son cousin, de se laisser
griser par ce souvenir qui passait de plus en plus
à l'état d'idée fixe, de n'être pas enfin pour le
mari de son choix tout ce que doit être une
épouse chrétienne. Aussi, pour apaiser ses scru-
pules, l'entourait-elle de soins et de gâteries. Elle
lui arrangeait une existence de chanoine à
laquelle l'ancien marin s'acoquinait, sans réfléchir
qu'il avait été habitué jusque-là à une vie frugale
et active, et que sa santé risquait fort de se dé-
tériorer à ce régime de Cocagne.

En effet, au bout de quelque temps, la bonne
chère, les grasses matinées et le défaut d'exer-
cice déterminèrent chez lui une menaçante obé-
sité et un état congestionnel assez alarmant. Une
après-midi de printemps, qu'il avait largement
déjeuné chez le recteur de Confort, et s'en était
revenu au manoir par un traître soleil d'avril, il

fut frappé en rentrant au logis d'une attaque
d'apoplexie, et avant qu'on eût pu ramener le
médecin de Douarnenez, Jean Le Bozellec passa
de vie à trépas sans avoir repris connaissance.

Ce brusque événement mit tout sens dessus
dessous à Kerlaz, et durant un mois madame Le
Bozellec demeura plongée dans un état d'effroi et
de stupeur. Cependant, quand elle eut repris un
peu de sang-froid et qu'elle se fut faite à ses
habits de deuil; quand elle eut commandé une
large dalle de granit pour recouvrir la fosse de
Jean Le Bozellec, elle songea tout à coup que
cette mort la rendait de nouveau maîtresse d'elle-
même, et maîtresse de laisser ses pensées s'envoler sans remords vers ce lointain et fabuleux
Paris où vivait Tanguy de Ploudaniel.

D'abord elle fut honteuse d'une pareille son-
gerie et la repoussa comme inconvenante; mais
le lendemain les mêmes réflexions revinrent avec
la même persistance. Elle avait beau s'astreindre
à de longues stations près de la tombe de Jean
Le Bozellec, dont elle renouvelait soigneusement
les bordures fleuries de scabieuses. Elle essayait
d'évoquer le souvenir du défunt, elle s'accusait
d'ingratitude et récitait de nombreuses dizaines

de chapelets pour chasser les tentations du Malin. Tout cela était peine perdue. Par une déviation involontaire, sa pensée fuyait toujours vers la ville où demeurait son beau cousin de Ploudaniel. Au lieu de s'abaisser dévotement sur la pierre tombale, ses yeux distraits suivaient le vol des nuages blancs qui lui parlaient de courses lointaines et de contrées inconnues. — Et ainsi insensiblement, la possibilité d'un voyage à Paris germa dans le cerveau de la veuve.

Ce ne fut d'abord qu'une vague et romanesque hypothèse, une idée aussi frêle que la minuscule pousse verte qui sort de la semence; mais à la fin de la première année, à mesure que les messes dites chaque semaine pour le repos de l'âme de Le Bozellec tranquillisaient la veuve sur les destinées célestes du défunt, le germe vivace avait pris la consistance d'un arbre de haute futaie.

Justement les Villeneuve, avec lesquels elle était restée en correspondance, venaient de lui écrire pour lui rappeler sa promesse : — « On était au printemps, le mois de mai s'annonçait à merveille et c'était le cas de prendre quelque distraction en effectuant ce voyage à Paris, si longtemps différé... »

L'offre était tentante et Anne commençait à être fortement ébranlée. Une seule chose l'arrêtait encore : le pauvre état de sa bourse, mise à sec par les messes chantées et les cierges brûlés à la mémoire de Jean Le Bozellec. Mais n'avait-elle pas la suprême ressource en pareil cas : les pins du bois de Kerlaz? Bien qu'elle tînt à ses arbres et qu'un abatis lui fît saigner le cœur, elle se dit que le plaisir de revoir Tanguy valait bien ce sacrifice.

Les gens de la marine lui offraient trente francs de chaque fût; elle se décida à leur en vendre vingt-cinq, et, le marché conclu, l'argent empoché, un beau matin elle se fit conduire à Quimper et prit à deux heures de l'après-midi le train qui devait l'emmener vers la grande ville de ses rêves, vers le pays merveilleux et inconnu où demeurait Tanguy de Ploudaniel.

IV

A cinq heures du matin, le train de Bretagne déposa sous la nef vitrée de la gare Montparnasse Anne Le Bozellec, encore tout ahurie par le sifflement et le halètement de la bouillante chaudière qui l'avait emportée loin de ses grèves bretonnes avec une rapidité quasi diabolique. Le tumulte des voyageurs s'interpellant et se bousculant à la sortie, le pêle-mêle des colis entassés dans la salle des bagages, la brusquerie des employés de l'octroi, accrurent son effarement. Quand elle arriva dans la cour, le jour commençait à blanchir. Elle réfléchit qu'il était peut-être un peu matin pour débarquer chez les Villeneuve. Elle ne les avait pas prévenus, et ils devaient se lever tard, selon l'habitude des Parisiens. Elle rentra dans un couloir et s'assit entre son carton à chapeau et la lourde valise de cuir qui avait appartenu au bonhomme Ploudaniel; là, elle attendit deux bonnes heures, à demi engourdie par sa nuit blanche, mais luttant néanmoins pour se tenir éveillée, par peur des voleurs dont elle croyait Paris complètement infesté.

Quand sept heures et demie sonnèrent à l'horloge de la gare, elle jugea que le moment était venu où elle pourrait se présenter décemment chez ses amis, appela un cocher, veilla méticuleusement au chargement de ses bagages et donna l'adresse des Villeneuve.

Ils demeuraient avenue de Villiers, et la voiture promena à travers Paris Anne ébaubie, qui n'avait jamais visité d'autres villes que Douarnenez et Quimper, et qui allait d'émerveillements en émerveillements, à la vue des Tuileries en fleurs, de la Seine ensoleillée où se croisaient les bateaux-mouches chargés de passagers, des Champs-Élysées où des cavaliers matineux et des

amazones passaient le long des marronniers
épanouis. Ce réveil de la grande capitale dans
la gaieté et l'éclat d'une radieuse matinée de mai
ragaillardit la pauvre bretonne dépaysée. Elle
songea que c'était dans ce cadre grandiose, dans
cette atmosphère de luxe et de bien-être que se
mouvait et respirait Tanguy de Ploudaniel. Elle
se demandait s'il ne figurait point d'aventure
parmi ces fringants cavaliers qui trottaient vers
l'Arc de Triomphe en élégante tenue du matin,
et sa pensée se reportait aux chevauchées qu'elle
avait faites jadis sur la lande, en compagnie de
son cousin. Ce fut au milieu de ces songeries
qu'elle arriva devant le petit hôtel habité par les
Villeneuve.

Nouveau sujet d'étonnement. Elle avait toujours cru que les peintres étaient de pauvres
diables logés modestement sous les toits. La vue
de cet hôtel séparé du trottoir par une grille en
fer et un joli jardinet la stupéfia. Elle eut peur
de s'être trompée d'adresse et ne fut rassurée
que lorsque la femme de chambre, lui ayant
affirmé que c'était bien là le domicile de M. Villeneuve, l'introduisit dans l'atelier où le peintre
était déjà au travail.

— Voilà une bonne surprise! s'écria-t-il gaiement. — En même temps il appelait sa femme, qui accourait en riant, les mains tendues, et souhaitait la bienvenue à la voyageuse avec un accent cordial qui sonnait franc comme l'or.

— Oui, c'est moi! dit Anne, vous voyez que je tiens ma promesse. J'ai fait une excellente affaire en vendant mes pins aux gens de Pont-Croix et je me suis décidée à venir dépenser mes bénéfices à Paris. Il y a assez d'années que je vis comme un hibou dans mes vieux arbres de Kerlaz, et je veux me donner du bon temps pendant que je suis encore en santé. Je veux connaître Paris à fond, aller au théâtre et dîner au restaurant, courir les musées, visiter les églises, et j'ai compté sur vous pour me piloter. Mais avant tout, il faut que j'aille voir mon cousin de Ploudaniel; je me suis juré que ma première visite serait pour lui. Croyez-vous que j'aie chance de le trouver ce matin?

— Vous voulez y aller comme cela, au débotté? demanda madame Villeneuve.

— Pourquoi pas? J'ai dormi en wagon, je me sens défatiguée et suis toute prête à sortir.

— Sans même changer de robe? continua la

femme du peintre, en jetant un rapide coup d'œil sur la toilette de la sauvage héritière de Kerlaz. — Avec son parapluie sous le bras, son chapeau rond de paille foncée, sa pèlerine noire, sa robe fripée dont la jupe lui collait aux hanches et laissait voir des pieds chaussés de gros souliers lacés, Anne Le Bozellec ressemblait, vue de dos, à un curé de campagne qui revient de sa conférence.

Madame Villeneuve lui fit comprendre que sa toilette était passablement démodée et qu'elle ne pouvait songer à se présenter chez son cousin de Ploudaniel dans une tenue aussi rustique. Elle lui démontra la nécessité d'acheter au préalable un chapeau et une robe au goût du jour.

— Mais cela prendra du temps? objecta impatiemment madame Le Bozellec.

— Non, nous trouverons robe et chapeau tout confectionnés aux magasins du Louvre, et en un clin d'œil on les accommodera à votre air et à votre taille.

— Soit donc! dit Anne en se résignant, allons chez vos marchands du Louvre, mais arrangeons-nous pour que demain, sans faute, je puisse faire ma visite à M. de Ploudaniel.

L'après-midi se passa en courses dans les magasins. Au soir, madame Le Bozellec avait déjà vu disparaître deux des billets de banque qu'elle portait cousus dans un petit sachet, sous son corsage; mais elle était équipée à neuf des pieds à la tête. Elle se sentait si vannée de fatigue, qu'aussitôt après le dîner, elle monta dans sa chambre et se coucha.

Le lendemain, dès l'aube, elle était debout et procédait minutieusement à sa toilette. Quand elle eut endossé sa robe neuve de mérinos, serré ses pieds dans des bottines d'étoffe, coiffé un petit chapeau où ses épais cheveux rebelles étaient mal à l'aise et qui lui donnait la migraine, elle se regarda dans la glace et eut peine à se reconnaître. Cette longue personne hâlée, voilée de crêpe et drapée dans une robe à retroussis, était-ce bien la sauvage et alerte Anne de Plou-daniel, celle que les paysans avaient jadis sur-nommée « la rose de Kerlaz? »

Il lui semblait qu'elle aurait eu plus de chance de rappeler à son cousin le temps passé en se montrant à lui dans son costume campagnard de la veille... Tandis qu'elle était plongée dans cette contemplation mélancolique, madame Villeneuve survint, donna quelques coups de pouce aux plis de la jupe, noua plus élégamment les brides du chapeau, puis déclara que maintenant Anne « était au point, » et tout à fait en mesure de se présenter dignement chez son cousin le député. On la lesta d'une tasse de chocolat, on lui donna l'adresse de M. de Ploudaniel, une voiture l'attendait à la porte et elle partit le cœur palpitant.

Tanguy demeurait dans le faubourg Saint-Germain, et la voiture traversa lentement le parc Monceau. Le jardin était dans le plein de sa gloire printanière, tout fleuri de cytises, d'azalées et d'aubépines roses qui sentaient bon. Ces branches épanouies se balançant au vent du matin semblaient dire à Anne : — Réjouis-toi, le Tanguy de ta première jeunesse, le héros de ton unique roman d'amour, qui durant tant d'années a occupé les rêves de tes nuits et les pensées de tes veilles... Tu vas le revoir!...

Et tandis que le fiacre roulait, Anne se demandait comment elle retrouverait son cousin et quel accueil il lui ferait. — Certainement il lui reprocherait tout d'abord son singulier mariage; mais elle lui expliquerait les raisons qui l'avaient forcée à changer de condition, et il les comprendrait. Puis elle évoquerait les doux souvenirs d'autrefois. Elle méditait d'avance une allusion discrète à leur dernière promenade dans le jardin du manoir; elle lui dirait : « les œillets de Kerlaz fleurissent toujours et ils ne vous ont point oublié... » Elle se répétait pour la vingtième fois cette courte phrase où elle devait mettre tout son cœur, quand le cocher arrêta sa bête, rue de l'Université, devant le porche d'un grand hôtel dont on apercevait, à travers un passage voûté, le perron surmonté d'une marquise, au fond d'une cour sablée. — C'était là, et M. de Ploudaniel était chez lui. — Le cœur de la Bretonne se remit à battre violemment, tandis qu'elle montait les degrés de marbre d'un escalier recouvert d'un moelleux tapis rouge. Au premier, elle s'assit sur une banquette pour respirer avant de sonner. Elle se sentait intimidée et prête à défaillir. Elle pressa enfin nerveusement le bouton, qui fit entendre un long et grêle carillon électrique, la porte s'ouvrit et un solennel valet de chambre introduisit la visiteuse dans un petit salon tendu de vieilles tapisseries et meublé de divans.

— Monsieur est occupé en ce moment, mais si madame veut écrire son nom ici, je préviendrai monsieur.

En même temps le majestueux valet montrait une table sur laquelle se trouvaient une plume, une écritoire et de petits carrés de papier blanc.

Anne s'assit, puis, après avoir réfléchi que son nom de Le Bozellec sonnerait étrangement aux oreilles de son cousin, elle écrivit d'une main tremblante « Anne de Ploudaniel, » sur le papier qu'elle tendit au domestique. Il le prit d'un air impassible et s'éloigna lentement.

Elle attendit pendant vingt mortelles minutes, qui lui parurent autant d'heures, puis le valet de chambre, apparaissant de nouveau, lui fit signe de le suivre à travers une enfilade de pièces à l'extrémité desquelles il ouvrit une double porte. Elle vit un vaste cabinet de travail, orné de corps de bibliothèque en bois noir, et décoré de tableaux et de terres cuites se détachant sur le fond sombre d'une tenture de drap brun. Au fond, à contre-jour, devant une table chargée de livres et de brochures, Tanguy se tenait assis, la tête penchée et disparaissant presque derrière les paperasses entassées.

— Madame Anne de Ploudaniel! annonça le valet de chambre.

Tanguy redressa la tête et se leva paresseusement. — Il avait pris de l'embonpoint, son teint, autrefois rosé, était plombé et comme brouillé; ses cheveux blonds, devenus clair-semés, ne frisaient plus que sur les tempes, et ses yeux bleus paraissaient fatigués; sous ses moustaches coupées en brosse, sa bouche avait une expression sèche et dure.

Tandis qu'Anne constatait les changements opérés sur son cousin par cette longue suite de vingt années, Tanguy, d'un air médiocrement charmé, examinait cette femme en deuil, au teint hâlé, aux cheveux grisonnants, aux contours amaigris, sur la figure sévère de laquelle deux grands yeux verts mettaient seuls une étrange lumière. — En même temps, il restait debout, tout en indiquant d'un geste froidement poli un fauteuil à la visiteuse. Mais dans son émoi, elle ne parut pas s'en apercevoir.

— Mon cousin, balbutia-t-elle, c'est moi, Anne de Ploudaniel... de Kerlaz.

— Ha! ha! dit-il avec un sourire distrait,

enchanté, ma cousine... Et comment se porte mon cousin de Ploudaniel?

— Il est mort, voilà bientôt quatorze ans, répondit-elle d'une voix à peine distincte, ne le saviez-vous pas, mon cousin?

— Ah!... Pardon!... Désolé, vraiment!... mais, voyez-vous, au milieu de toutes les affaires qui m'accablent, je crois que ma mémoire se perd...

Sa mémoire renaissait, au contraire, il se rappelait maintenant le sot mariage de la dernière représentante des Ploudaniel de la branche cadette. Marié lui-même, et richement, il se souciait peu de montrer à sa femme cette parente de province qui avait ridiculement épousé une sorte de domestique, et il se demandait tout bas comment il l'éconduirait poliment.

— Et vous êtes venue faire un tour à Paris? reprit-il en bourrant de dossiers avec affectation une ample serviette de maroquin brun... Voyage d'agrément, ou voyage d'affaires?... En tout cas, bien que mes minutes soient comptées, je suis pour le moment tout à votre service... Dites-moi vite en quoi je puis vous être utile.

— En rien, mon cousin, répondit Anne qui

se redressa avec un sentiment de fierté blessée, en rien... Je désirais seulement vous voir et vous donner des nouvelles du pays.

— Ah!... je vous suis reconnaissant de cette attention, ajouta-t-il d'un air plus dégagé... Et tout va bien en Cornouaille?... Le manoir résiste toujours vaillamment au vent de mer?

— Les choses sont demeurées là-bas telles que vous les avez vues autrefois, mon cousin; rien n'a changé... Et, ajouta-t-elle avec un timide sourire, les œillets de Kerlaz fleurissent toujours à la même place, vous savez...

— Les œillets?... répéta-t-il comme quelqu'un qui ne comprend plus... Ah! oui, enchanté, ma cousine! — Il avait mis sa serviette sous son bras et agitait un cordon de sonnette. — Pardon, mais je ne m'appartiens pas; mes devoirs de député, les exigences du Parlement me réclament et je suis désespéré de vous quitter si tôt... Encore une fois, si je puis vous être utile à quelque chose, disposez de moi... Désirez-vous assister à une séance de la chambre?

— Merci, mon cousin, répliqua-t-elle, saisie d'un froid au cœur, je n'en aurais pas le temps... Je compte repartir bientôt.

— En vérité! désolé, positivement désolé de
ne vous être bon à rien!... Joseph, dit-il au
solennel valet de chambre accouru à son coup
de sonnette, Joseph, reconduisez madame... Au
revoir, cousine, et merci de votre aimable visite.

— Adieu! murmura-t-elle d'une voix étran-
glée.

Une minute après, Anne de Ploudaniel se
retrouvait sur le tapis rouge de l'escalier et
regagnait sa voiture, les lèvres tremblantes et
les tempes serrées...

Quand elle rentra, pâle et les yeux brûlants,
chez les Villeneuve, le peintre et sa femme l'at-
tendaient dans l'atelier.

— Eh! bien, s'écria Villeneuve, vous voici de
retour, tant mieux!... Vous avez vu ce fameux
cousin? J'espère qu'il ne vous aura pas accaparée
pour aujourd'hui?

— Oh! non... non! répondit-elle avec une
physionomie navrée.

— Bravo! Alors ce soir nous commençons la
petite fête... D'abord, nous renversons la marmite et nous dînons au *Lyon d'Or*, puis je vous
conduis aux Français... Voilà le programme,
est-il de votre goût?

— Merci, répondit-elle, vous êtes trop bon, mais... j'ai l'intention de repartir cette nuit.

— Cette nuit? répéta-t-il stupéfait, quelle plaisanterie!... Ah! çà, et Paris que vous deviez visiter à fond?... Et les théâtres, les musées, les églises?...

— Ce sera pour une autre fois... L'air de Paris ne m'est pas bon... Je retourne à Kerlaz.

— Mais, chère madame, c'est insensé!... D'abord nous ne vous laisserons pas partir...

— Oh! s'écria-t-elle en joignant les mains, n'insistez pas!... Je ne peux pas rester... je ne peux pas!

Et, devant les Villeneuve interdits, la pauvre Anne éclata en sanglots, soulageant enfin son cœur trop plein et donnant un libre cours à ses larmes qui ne voulaient plus s'arrêter...

Le mari et la femme eurent beau combattre sa résolution; si elle avait la foi naïve des Bretonnes, elle en avait aussi l'entêtement, et le soir même elle reprit l'express de huit heures...

Quand une voiture de louage la déposa le lendemain, vers le tantôt, à Kerlaz, elle ne prit pas même le temps de se décoiffer, et, laissant

4

à la vieille Mariannic le soin des bagages, elle s'en alla silencieusement errer à travers les bois du domaine, afin d'y pouvoir pleurer un bon coup avant de se montrer aux gens. — Le vent de mer s'était élevé et soupirait à travers les pins une lamentation moins navrante que celle qui montait du fond du cœur de la triste voyageuse. Aux lueurs déjà plus voilées du crépuscule, elle aperçut tout à coup, dans une éclaircie, les squelettes des vingt-cinq pins abattus récemment, et que les charpentiers de Pont-Croix n'avaient pas eu le temps d'enlever... Hélas! il y avait en elle un bien autre abatis d'idoles longtemps chères, qui maintenant gisaient en morceaux... Elle essuya une dernière larme cuisante, et, retournant brusquement sur ses pas, elle rentra à Kerlaz, où elle ensevelit pour toujours ses illusions séchées sur pied, et où les œillets seuls continuèrent à fleurir.

Le Tréport, septembre 1884.

Le Vin de Mai

LE VIN DE MAI

—

L'ONCLE Florent, que nous appelions familièrement l'oncle Flo, était alors un vieux garçon de cinquante à cinquante-deux ans, encore très vert et bien conservé; la jambe sèche, les épaules larges, le teint rose, avec une barbe poivre et sel et d'épais cheveux d'un blond châtain à peine semés de fils blancs. Son unique parenté se composait de deux nièces dont il avait été tuteur et qu'il avait mariées, l'une à Grodard, le fabricant de toiles peintes, et l'autre à votre serviteur. Elles étaient assez petitement dotées,

mais comme elles devaient hériter de l'oncle Flo,
nous les avions épousées sans hésitation, espé-
rant bien un jour — oh! le plus tard possible!
— nous dédommager avec la succession avun-
culaire. Nous calculions que l'héritage serait
assez rondelet, car l'oncle était fort économe,
vivant modestement et sobrement dans sa
maison de la ville haute, où il n'avait pour toute
domesticité qu'une gouvernante, madame Rose,
une veuve de trente ans, dodue, fraîche, bien
en point et encore appétissante.

Un instant nous avions conçu quelques craintes
à l'endroit de cette subalterne à l'œil vif, qui prenait des allures de servante-maîtresse. Nous nous
demandions si elle n'était point capable de char-
mer les cinquante ans de l'oncle Florent et de
manœuvrer de façon à se faire épouser. Mais, à
mesure que nous pratiquions notre parent, nous
étions complètement rassurés. Il avait toute sa vie
vécu fort chastement, étant misogyne en théorie
et en pratique et se trouvant maintenu dans ces
excellents principes par une timidité et une gau-
cherie rares, en ce qui touche le sexe féminin.

L'oncle Flo n'avait d'autre défaut capital

qu'une certaine démangeaison littéraire : il gril-
lait du désir de se faire imprimer. Botaniste émé-
rite et horticulteur expérimenté, il avait com-
posé deux opuscules, recopiés par lui de sa plus
belle écriture sur du papier ministre. L'un était
un *Traité de la taille du pommier et du poirier en
fuseau*, l'autre une *Monographie de l'aspérule odorante (asperula odorata)*. Il désirait violemment
les publier, mais comme il était très serré, il
aurait voulu trouver un éditeur sans bourse
délier. Ainsi combattu entre sa parcimonie et
sa vanité d'auteur, il s'avisa d'un truc ingénieux
pour mettre son manuscrit en lumière à peu de
frais. Il était membre de la Société archéologique
et horticole de sa petite ville; à l'une des
séances, il lut avec une telle verve ses deux opuscules, qu'il séduisit la compagnie tout entière.
On trouva que le *Traité de la taille du pommier*
était plein d'aperçus neufs et originaux, et que
la *Monographie de l'aspérule* ouvrait des hori-
zons jusque-là ignorés sur l'utilisation de cette
plante forestière. Bref, on vota à l'unanimité l'impression du manuscrit aux frais de la Société.
Un beau jour, la plaquette sortit tout humide
des presses de l'imprimeur du chef-lieu, et on

remit à l'auteur un tirage à part de cinquante
exemplaires numérotés, étalant sur une couverture saumon ce titre alléchant :

TRAITÉ DE LA TAILLE DU POIRIER ET DU POMMIER EN FUSEAU

*Suivi d'une monographie de l'aspérule
odorante, avec une dissertation sur l'usage
du* Vin de Mai *chez les Germains*

PAR FLORENT MOUGEOT

Chevalier de l'ordre de Saint Sylvestre,
membre de plusieurs sociétés savantes.

A partir de ce moment, l'oncle Flo ne se
posséda plus. Chaque jour, on le voyait circuler
fièrement par les rues de Juvigny-Haut, portant
sous le bras un paquet de ses précieuses pla-
quettes, et sonnant aux portes des notables les
plus huppés, auxquels il remettait cérémonieu-
sement un exemplaire de son œuvre, orné d'une
pompeuse dédicace.

Naturellement, nous, ses neveux, nous ne
fûmes pas oubliés dans la distribution. Je dois
même ajouter que nous pâtîmes tout spéciale-
ment de la manie de notre oncle, qui s'invitait à
dîner chez nous pour nous lire au dessert sa pla-

quette, sans en passer une ligne. Nous nous sou-
mettions lâchement à cette épreuve, en son-
geant que l'héritage du bonhomme valait bien
quelques heures d'ennui. Mais, franchement, il
abusait indiscrètement de la situation. Au bout
d'un mois, nous savions par cœur la *Taille du
poirier en fuseau;* quant à la *Monographie de l'aspérule,* nous en étions saturés et elle nous hantait en rêve.

Cette *aspérule odorante* est une petite plante à
fleurettes blanches qui pousse en mai dans nos
forêts. Les Allemands la nomment *Waldmeister,*
et chez nous elle est connue vulgairement sous
le nom similaire de *Reine des bois.* Nos paysans
la font infuser dans du vin blanc et en fabri-
quent une boisson assez parfumée qu'on nomme
le *vin de mai.* L'oncle Flo prétendait et prouvait
avec textes à l'appui que ce *vin de mai* était la
liqueur dont Odin abreuvait ses guerriers dans le
Walhalla.

La Saint-Florent, fête de notre oncle, tombait
précisément en mai, et à cette occasion il me
poussa une idée ingénieuse, que je communi-

quai à Grodard. « Les bois sont tout blancs
d'aspérules, lui insinuai-je. Si nous allions en
cueillir, nous fabriquerions du *vin de mai* et nous
en ferions boire à l'oncle, le jour de sa fête; ce
serait une attention délicate. »

Fait et dit. La veille de la Saint-Florent, nous
partîmes avec Grodard pour la forêt de Mas-
songes; nous rapportâmes une brassée d'aspérules, et ma femme les fit infuser dans une bouteille de chablis première, que le lendemain nous
servîmes triomphalement avec la brioche de la
fête.

— Qu'est-ce que c'est que ça? demanda le
bonhomme en flairant son petit verre, que nous
venions de remplir.

— Ça, répondis-je, oncle Flo, c'est du *vin
de mai* que nous avons fabriqué d'après votre
recette, pour boire à votre fête et à votre santé.

L'oncle me parut pris un peu au dépourvu; je
crois bien qu'il ne connaissait le *vin de mai* qu'en
théorie, et il y trempa sa lèvre avec une certaine
défiance. Moi-même j'y goûtai sans enthou-
siasme. Pour dire vrai, ça n'était pas fameux.
Mais l'amour-propre d'auteur l'emportant sur la
gourmandise, l'oncle Flo vida son verre et il re-

demanda du *vin de mai*. Il finit par trouver à
cette liqueur germanique un bouquet délicieux,
prétendit que ça sentait le printemps, s'emballa
là-dessus, se grisa autant avec ses paroles qu'avec
le vin aromatisé, et, quand la bouteille fut
vidée, il devint si guilleret, qu'au dessert, il
chanta une gaudriole dont ses nièces rougirent
jusqu'aux oreilles.

A la brune, il rentra chez lui, toujours fredon-
nant. Madame Rose, sa gouvernante, l'attendait
en ourlant des serviettes. La nuit de mai était
tiède; l'oncle Flo avait la tête tout embrumée
par le vin d'aspérules; Rose, vêtue à la légère,
lui parut fraîche et appétissante comme une
pêche mûre; il perdit sa timidité, devint galant,
entreprenant, irrésistible même .. Si bien que
madame Rose, pour la curiosité du fait et aussi
peut-être bien par calcul, succomba et se rendit
avec armes et bagages à ce quinquagénaire
émoustillé par le satané *vin de mai*...

Du moins je suppose que les choses durent se
passer ainsi, car, à partir de cette soirée mémo-
rable et funeste, tout changea dans l'intérieur de
notre oncle. Madame Rose substitua un chapeau

à son simple bonnet de linge; elle prit des airs
de maîtresse de maison, et, au bout de quelques
semaines, l'oncle Flo, qui était honnête homme
et avait sans doute des torts à réparer, la conduisit devant monsieur le maire.

Le pis, c'est que neuf mois, jour pour jour,
après la Saint-Florent, notre nouvelle tante accoucha d'une fille que le bonhomme baptisa du
nom d'Aspérule.

Asperula, en latin, veut dire « un peu rude; »
et nous la trouvâmes un peu rude, en effet, cette
conséquence de mon invention du *vin de mai*.
Mon beau-frère Grodard ne me l'a jamais par-
donnée.

Le Voyage du petit Gab

LE VOYAGE DU PETIT GAB

———

DE mes fenêtres le regard plongeait à travers la cour, sur l'intérieur de l'entresol habité par la famille du petit Gabriel, que dans la maison on appelait familièrement « le petit Gab. » — Le père était coupeur dans un magasin de confections; la mère, affaiblie par cinq couches successives et déjà toute blanche à quarante-cinq ans, s'occupait du ménage et y usait le reste de sa santé. Des cinq enfants, les trois aînés avaient essaimé au dehors; il ne demeurait au logis qu'une sœur de dix-huit ans, qui était couturière, et le petit Gab qui était bossu. — Fruit tardif et mal venu d'un de ces mariages parisiens entre gens qui ont passé la moitié de leur vie dans des ateliers malsains ou des arrière-boutiques obscures et mal aérées, le petit Gab était irrémédiablement rachitique. Son épine dorsale déviée faisait remonter ses épaules jusqu'au niveau des oreilles, ses jambes grêles et molles pliaient sous son buste déjeté et mal équilibré; il ne pouvait marcher que lorsque sa taille était soutenue par un corset orthopédique. Sur ce buste contourné, bombé en avant et en arrière, se dressait une tête au crâne trop développé, mais au visage d'une délicatesse exquise, d'une expression singulièrement poignante. Bien qu'il eût huit ans, à l'aspect de son pauvre corps rabougri et noué, on lui en eût donné à peine cinq; on lui en eût donné vingt à voir sa physionomie méditative, son front saillant et ses grands yeux d'un brun noir, si tristes et si précocement pensifs. Le père, la mère et la grande sœur l'adoraient à cause de ses façons tendres et de son intelligence extraordinairement éveillée. Le médecin avait défendu qu'on le fît travailler, mais pour le distraire et le changer de milieu, on le conduisait à une école,

où il se bornait à écouter gravement et où il
retenait tout ce qu'il entendait dire. — Un soir,
à la sortie des classes, je l'aperçus sous le porche
de la maison, assis contre la loge de la concierge. Sa mère étant allée faire quelque
emplette, et sa sœur n'étant pas encore revenue
du magasin, il avait trouvé en rentrant la porte
de l'appartement fermée, et, accoté contre le
mur, les yeux avidement tournés vers la rue, il
attendait avec une mine réfléchie et douloureu-
sement résignée. Tandis que je le questionnais,
ses noires prunelles jetaient sur moi de longs
regards observateurs et effrayés. Sur ces entre-
faites, la grande sœur arriva tout essoufflée : —
Ah ! mon pauvre Gab, s'écria-t-elle, je t'ai fait
attendre ! Tu t'impatientais, hein ? — Non,
répondit Gab d'une voix calme, claire comme
un timbre d'argent, je me disais seulement que
vous ne vouliez peut-être plus de moi et que
vous ne reviendriez pas... Je suis si malade et si
ennuyeux ! — Ah ! vilain méchant, murmura la
jeune fille en le couvrant de baisers ; puis se
retournant vers moi avec des yeux pleins de
larmes : — Il est si mignon, ajouta-t-elle, et si
intelligent ; il raisonne comme une grande per-

sonne... Quel dommage qu'il ait si peu de
santé!... Le médecin dit que s'il pouvait aller
cet été à Berck, l'air de la mer et les bains de
sable le guériraient probablement... Mais c'est
loin, Berck, et c'est de la dépense!... Enfin, je
vais tâcher de gagner de quoi l'y conduire...

Et la courageuse jeune fille travaillait du matin
au soir pour amasser la somme nécessaire. Elle
s'énervait sur sa machine à plisser et à tuyauter;
elle taillait, assemblait, cousait presque sans se
reposer. Bien avant dans la nuit, j'entendais le
tressaillement sec et précipité de la machine,
pareil au bruissement saccadé que font les sau-
terelles dans les champs; derrière les rideaux
éclairés par la lampe, je distinguais la silhouette
laborieuse, et je pensais involontairement à une
des strophes de la terrible chanson de Thomas
Hood : « Coudre, coudre, coudre, jusqu'à ce que
les yeux deviennent lourds et sans regard ! —
Ourlet, gousset et poignet, — jusqu'à ce que
sur les boutons, je tombe de sommeil, — et
que je les couse comme dans un rêve... Coudre,
coudre, coudre, — dans la froide lumière de
décembre, — et coudre, coudre, coudre, —

quand le temps est chaud et le ciel bleu, —
tandis qu'au long des toits les hirondelles par
couples, caracolent, — comme pour me montrer leurs plumes ensoleillées, — et me narguer
avec leur printemps ! » — Dans la maison, tout
le monde connaissait l'histoire du petit Gab, et
les femmes des locataires confiaient volontiers
de l'ouvrage à la grande sœur. On arrêtait l'enfant au passage, sur le carré ou dans la cour ; on
le caressait, on le choyait, on lui envoyait des
friandises. Lui, toujours farouche, se dérobait
aux caresses, et, plus inquiet que réjoui, méditait longuement sur ces soudaines marques
d'amitié : — « La dame du troisième me donne
des joujoux, demandait-il pensivement à sa sœur,
pourquoi, puisqu'elle ne me connaît pas ? » Puis,
après avoir ruminé un moment, il ajoutait
avec une perspicacité qui ouvrait de navrantes
échappées sur le travail de la réflexion dans ce
cerveau d'enfant : « C'est sans doute parce que
je suis bossu. »

La besogne abondait, la tirelire grossissait
dens le coin obscur d'un tiroir de la commode ;
juillet était proche et on commençait déjà les

préparatifs du départ : — achat d'une belle
malle de cuir, confection d'un costume pour
l'enfant, — et le petit Gab, émerveillé, ne parlait plus à ses camarades de classe que de son
voyage aux bains de mer, — quand, à la dernière heure, un incident malheureux vint tout
bouleverser. La jeune femme de l'employé du
cinquième avait chargé la couturière de regarnir
sa robe de noce et de l'arranger à la mode du
moment, — une robe qui avait coûté gros et
qu'on voulait faire resservir pour les petites sau-
teries du prochain hiver. — Un soir, en jouant
avec l'encrier, Gab le laissa glisser de ses doigts
maigres et l'encre ruissela malencontreusement
sur le satin de la jupe... On ne le gronda pas,
hélas! non, sa figure consternée faisait trop de
peine à voir. La grande sœur étouffa un cri de
terreur ; silencieusement, nerveusement, elle
épongea l'étoffe et mesura l'étendue du désastre.
L'encre avait outrageusement taché huit mètres
de satin. Conter le malheur à la cliente du cinquième et l'apitoyer en faveur de Gab, il n'y
fallait pas songer; d'abord la femme de l'employé n'était pas riche, et sa toilette de noce
constituait son unique ressource pour les jours

de tralala et de cérémonie; puis l'ouvrière était fière et ne se souciait pas de mettre la maison au courant de ses misères intérieures. Le plus expédient et le plus digne était de courir au Bon-Marché et de chercher à rassortir l'étoffe. Huit mètres à quinze francs, cela donnait un total de cent vingt francs; une rude brèche à la tirelire et au budget du voyage! — C'était fini, il fallait renoncer aux bains de mer pour cette année. — La couturière embrassa le petit Gab et se remit à travailler.

L'hiver qui suivit, on piocha dur à l'entresol. L'automne avait été pluvieux et la santé de Gab s'en était ressentie. Les os lui faisaient mal, il avait des mouvements de fièvre et des douleurs au cerveau. Le docteur, en l'auscultant, avait hoché la tête et insisté de nouveau pour qu'on envoyât l'enfant à Berck dès le retour de la belle saison. Cette fois, c'était décidé; coûte que coûte, on partirait pour les bains de mer dès la fin de mai; et la machine à coudre recommençait avec plus de précipitation son bruissement de sauterelle, et les veillées se prolongeaient plus avant dans la nuit. On avait acheté au petit Gab

un livre d'images où il n'y avait que des paysages
de mer : des vues de ports avec leurs forêts de
mâts rangés le long de la muraille des quais ;
des falaises escarpées aux rochers lavés par des
vagues écumeuses ; des barques de pêcheurs,
s'éparpillant au large comme une volée d'oiseaux
aux ailes blanches. — L'enfant ne parlait que de
la mer : il la voyait dans ses rêves, et parfois
même en plein jour, à travers le brouillard gris
qui emplissait la cour intérieure, il avait de
maladives hallucinations de côtes battues par le
flot, et de grands espaces liquides traversés par
des navires aux voiles gonflées. Parfois il prenait sur la cheminée un gros coquillage ; il l'approchait de son oreille, et, le cou enfoncé dans
les épaules, les yeux pensifs, il écoutait pendant
des heures ce bruit de mer, qui semblait venir de
très loin, de très loin, à travers la coquille...

L'hiver fut exceptionnellement humide et
froid, et je ne rencontrai plus le petit Gab sous
le porche de la maison. Le médecin avait défendu
expressément qu'on le laissât sortir. De temps
en temps, je l'apercevais à la fenêtre, dont l'un
des rideaux était soulevé. Ses yeux tristes et

renfoncés erraient dans le vide et, sur la vitre claire, ses doigts maigres dessinaient de vagues formes de navires. Puis tout d'un coup ses regards s'arrêtaient sur la croisée où j'étais en observation, et, se sentant épié, d'un geste farouche il tirait le rideau de mousseline. Vers la mi-mars, je ne le vis plus près des carreaux. Ses os le faisaient de plus en plus souffrir, ses jambes trop faibles ne pouvaient plus le porter et ses maux de tête redoublaient. Il passait maintenant des journées entières étendu sur son petit lit, feuilletant pour la centième fois le livre d'images où l'on voyait la mer et les grands navires aux voiles blanches. Il n'avait pas renoncé à l'idée de son voyage : « Quand partirons-nous ? » demandait-il à sa sœur ; et lorsque celle-ci lui avait expliqué qu'il fallait attendre le beau temps, il reprenait de sa voix grêle : « C'est que je suis pressé, je voudrais me guérir vite, bien vite, afin de ne plus te voir pleurer. » Et il se faisait indiquer les noms des villes par où l'on passerait. Il les connaissait déjà toutes par cœur : Chantilly, puis Clermont, Amiens, Abbeville et enfin la mer... « Une fois que nous serons là-bas, disait-il, je suis sûr que mes os ne me feront plus mal. » En attendant, il voulait avoir constamment près de lui, le grand coquillage rose de la cheminée, et, l'oreille appuyée contre les valves nacrées, il écoutait attentivement le bruit lointain de cette mer qui devait le délivrer de toutes ses misères.

Vers Pâques je n'entendis plus le sourd tressaillement de la machine à coudre. On ne travaillait plus dans l'appartement de l'entresol, et pourtant une lueur de lampe, dorant l'une des fenêtres très avant dans la nuit, indiquait qu'on y veillait toujours, près du lit de l'enfant malade.

— « Il est au plus mal, murmurait la concierge en serrant instinctivement contre ses jupes un gros garçon joufflu, il n'en a pas pour longtemps... Le pauvre, ce sera une délivrance!... »

— Un matin, je me croisai sous le porche avec un étroit cercueil porté par deux croque-morts et suivi de la famille... C'était le petit Gab qui partait enfin pour son voyage vers la mer insondable de l'Inconnu.

Musiciens Tsiganes

MUSICIENS TSIGANES

———

IL y a des heures, me dit un soir mon ami Jacques de Fresnes, où le regret des fautes commises nous revient avec des saveurs plus amères. Je suis dans une de ces heures troubles. J'ai sur la conscience une vilaine action dont le souvenir me hante ainsi qu'un fantôme aux yeux pleins de reproches ; et comme, depuis le temps du barbier du roi Midas, la confession est encore le moyen le plus efficace de se soulager d'un secret pénible, il faut que je te conte cette histoire déjà vieille de vingt ans :

Pendant l'été de 1867, Paris était plein de provinciaux et d'étrangers venus pour visiter l'Exposition. Un matin, on sonna à ma porte et je vis entrer un grand garçon barbu, à la mine florissante, à la physionomie pacifique et joviale, répandant autour de lui un bon parfum de province et de campagne.

— Tu ne me reconnais pas ? s'écria-t-il en s'avançant vers moi, la main tendue.

— Mais si... parfaitement, répondis-je en cherchant à mettre un nom sur cette figure oubliée, dont le regard et l'accent m'étaient cependant familiers.

— Aristide Collard ! reprit-il avec un sourire épanoui.

— Comment ! c'est toi, mon vieux camarade ?... Excuse-moi... Je ne t'avais pas d'abord reconnu, à cause de ta barbe.

Je me souvenais maintenant. Aristide était un compatriote et un ancien condisciple. Nous avions fait ensemble toutes nos classes au petit collège de V... Seulement, depuis le baccalauréat, je l'avais perdu de vue. En quelques mots, il me remit au courant de son existence. Tandis que je devenais un Parisien, Aristide était resté au pays, où il possédait de bons biens au soleil. Il habitait en Bretagne un domaine entouré de trois lieues de bois, où il menait une vie de *gentleman farmer* et où il s'était marié six ans auparavant. Mais depuis quelque temps, la jeune madame Collard s'ennuyait au fond de cette gentilhommière ; elle était nerveuse, irritable, sujette à de subits accès de mélancolie et, pour la distraire, Aristide l'avait emmenée à Paris, afin de lui montrer les merveilles de l'exposition.

— Seulement, continua-t-il, dans cette satanée grande ville, je n'ai pas le pied marin ; je m'y sens gauche et emprunté ; j'y commets à chaque instant des impairs qui agacent Éveline et l'énervent encore davantage. C'est pourquoi je me permets de faire appel à ta vieille amitié... Tu serais bien aimable, toi qui connais ton Paris sur le bout du doigt, de nous piloter dans les endroits où on s'amuse... honnêtement, s'entend.

La perspective de servir de cicerone à ce couple provincial me séduisait médiocrement ; mais le moyen de refuser ce mince service à un ancien copain, qui me le demandait avec un si bon regard naïf et suppliant !... Je dis oui, et il fut convenu que le lendemain je serais présenté à madame Collard.

Je m'attendais à trouver une petite provinciale, niaise, prude, ignorante et mal fagotée ; je fus très agréablement déçu. Madame Éveline Collard était une très élégante personne de vingt-sept à vingt-huit ans, très blanche de peau, bien faite, potelée, avec un joli sourire qui lui creusait une fossette sur chaque joue, des yeux brun-clair un peu étonnés, et des cheveux châtains frisottants. Elle avait l'esprit ouvert et plus cultivé qu'on ne l'a généralement en province ; elle était très expansive, avec des retours de timidité qui ajoutaient un charme fort attrayant à cette franchise primesautière. Bref, une nature aimable et affinée, bien supérieure en somme, à celle de son mari. Elle me séduisit, et je ne songeai plus à regretter de m'être engagé à piloter les deux époux. Nous allions souvent à l'Exposition, et Aristide, auquel les plaisirs de Paris ne faisaient pas oublier son domaine des Viantais, s'attardait en de longues stations dans la galerie des machines agricoles, de sorte qu'il nous laissait visiter en tête-a-tête les nombreuses attractions du Champ-de-Mars.

Pendant ces promenades, nous bavardions beaucoup, madame Éveline et moi, et une cordiale intimité s'établissait peu à peu. Je dois commencer par te déclarer que, bien qu'elle me parût charmante, je ne pensais nullement à lui faire la cour. D'abord c'était la femme d'un camarade, puis je sentais en elle une solide honnêteté qui augmentait encore mes respects. Néanmoins, et à raison même de ma réserve, je gagnais la sympathie de madame Collard, et, avec sa franchise native, elle me laissait lire dans son cœur à livre ouvert. Je découvris bientôt, sous ses apparences enjouées, une singulière mélancolie. Sa physionomie, très animée dans les moments de gaîté, avait parfois au repos une expression morne et désenchantée.

Dans les discours qu'elle tenait et où elle essayait de prendre le ton libre et évaporé de la conversation parisienne, je surprenais parfois une ignorance et des curiosités de vierge. Elle me racontait en détails sa vie de campagnarde, — une vie très monotone, peu mouvementée, dont les événements les plus saillants étaient des pratiques de dévotion, des visites de charité et, à l'arrière-saison, de bruyants et ennuyeux dîners de chasseurs. — Elle n'avait pas d'enfants et paraissait avoir renoncé à tout espoir de maternité. Elle avouait naïvement qu'il lui arrivait de trouver les journées longues et vides, et que, souvent, à la tombée du crépuscule, entre chien et loup, elle était prise de tristesses noires, qui se terminaient par une crise de larmes.

De tout cela j'induisais qu'Aristide Collard pouvait être un brave garçon, un excellent agriculteur, mais qu'il était pour sûr un mari médiocre et maladroit. L'amour conjugal est un frêle instrument qui demande à être touché par des mains délicates et savantes. Il ne faut l'attaquer ni trop brusquement, ni trop haut, ni trop bas; pour en jouer, on doit être expert dans l'art des modulations, sous peine de n'en tirer que des notes fausses et discordantes. Tout ce que me contait madame Éveline me démontrait que jamais l'exquise mélodie de la tendresse partagée n'avait résonné dans la chambre nuptiale des Viantais...

Un soir de la fin de juin, nous allâmes tous

trois dîner au Pavillon d'Armenonville. Comme nous craignions la fraîcheur de la nuit pour madame Collard, nous nous étions fait servir dans un salon du premier étage, dont les fenêtres s'ouvraient sur le Bois. Au moment où nous y montions, Aristide rencontra dans l'escalier un exposant, grand fabricant de moissonneuses mécaniques, avec lequel il prit rendez-vous dans la soirée pour causer d'affaires. Il nous annonça cette nouvelle au potage et demanda la permission de s'esquiver aussitôt après le dîner, en nous promettant de venir nous rejoindre vers neuf heures. Madame Èveline fit la moue et hasarda une objection, mais dès qu'il s'agissait de son outillage agricole, Aristide n'entendait pas raison ; il déclara qu'il ne pouvait remettre au lendemain la conclusion de cette importante affaire, et tout ce que nous pûmes obtenir de lui fut qu'il ne resterait pas plus d'une heure absent.

Nous n'en dînâmes pas moins gaîment et, au dessert, nous eûmes la surprise de la musique des Tsiganes. Engagés par le restaurateur pour la soirée, ils jouaient au fond du jardin et ils débutèrent par la marche de Rakoczi, à laquelle succédèrent des valses viennoises.

6

— Bon, dit Aristide en nous quittant, voilà qui vous aidera à patienter jusqu'à mon retour... Je me sauve... A bientôt !

Éveline et moi, nous étions restés accoudés à l'une des fenêtres et nous regardions les Tsiganes installés dans un des bosquets : — le *tsimbalom* au centre, sur lequel un grand diable au teint cuivré promenait ses légers marteaux ; en arrière, la basse manœuvrée par un gros homme noir et moustachu ; puis la clarinette, un maigre joueur imberbe aux longues oreilles ; — en avant, trois violons, et, debout au milieu, vêtu d'une veste hongroise, bleue, à brandebourgs, le chef d'orchestre gesticulant et jouant à la fois, tournant tantôt à droite, tantôt à gauche, son expressive figure aux yeux étincelants, aux moustaches pointues. Au-dessus des arbres, qui formaient le fond du décor, le ciel bleu s'assombrissait insensiblement ; des étoiles d'or pâle y perlaient déjà. Et tandis que montait la musique colorée et éclatante des Tsiganes, on entendait au loin le sourd bourdonnement des voitures s'enfonçant dans le Bois, dont çà et là des becs de gaz trouaient la brune épaisseur. Madame Éveline semblait respirer à pleins poumons cette musique étrange. Les ailes mignonnes de ses narines se dilataient. Par l'ouverture du corsage échancré en pointe, lorsqu'elle se penchait pour applaudir, j'entrevoyais les blanches rondeurs de sa poitrine palpitante...

Après une pause, le chef d'orchestre se leva et esquissa sur son violon le prélude d'une *czardàs*. Puis, ensemble, tout l'orchestre commença un motif d'une énergie et d'une mélancolie sauvages. C'était comme la clameur d'une mer soulevée par la tempête; il semblait qu'on entendît l'échevèlement des vagues et le grondement de l'orage. A travers ce tumulte de notes montantes et descendantes, une courte phrase d'une tristesse navrante revenait comme un sanglot humain. Lentement, insensiblement, ces rumeurs de tempête s'éloignaient, s'assoupissaient, et un gai motif de danse éclatait comme un rayon de soleil... Mais cet éclat de joie était de courte durée. La phrase triste de tout à l'heure, redite par le seul violon du chef d'orchestre et soutenue en sourdine par le *tsimbalom*, se détachait au milieu du silence des instruments et s'élevait déchirante, suppliante et tendre à la fois; sensuelle et passionnée comme le chant d'amour d'un pâtre perdu dans une grande plaine déserte... Et quand cette phrase s'achevait dans un dernier soupir, brusquement tout l'orchestre repartait d'un sauvage et ironique éclat de rire. On eût dit des huées et des risées grossières d'une foule brutale répondant à la passion suppliante de cet hymne d'amour...

Grisé, exalté par cette musique qui me remuait jusqu'aux centres nerveux, je me retournai vers ma voisine pour l'interroger du regard. Je la vis qui se rejetait brusquement en arrière. Elle était allée s'asseoir, comme étourdie, sur le divan du salon. Elle y resta un moment, la tête enfouie dans ses mains, puis tout à coup elle fondit en larmes.

— De grâce, madame, m'écriai-je, qu'avez-vous ?

Elle ne pouvait répondre, ses lèvres tremblaient et ses yeux se mouillaient de nouveau. Moi-même j'étais très ému, très surexcité par le spectacle inattendu que j'avais devant moi. Madame Éveline était une de ces rares femmes qui restent jolies en pleurant, et ses yeux bruns mouillés avaient le charme d'une source éclairée

par un rayon de lune. Je n'ai jamais pu voir une
jolie femme pleurer sans avoir envie de lui sauter
au cou et de l'embrasser. Cette fois, affolé par
la musique, je ne résistai pas à la tentation et je
posai mes lèvres sur les yeux d'Éveline Collard,
sur sa bouche, sur son cou... Elle ne s'apparte-
nait plus, elle ne se défendait même pas, mur-
murant seulement quelques monosyllabes confus,
où il y avait autant de tendresse que de reproches, et, pendant ce temps, la grisante musique
des Tsiganes continuait de monter, tantôt câline
et intimement pénétrante, tantôt sauvagement
passionnée. Nous perdîmes complètement la
tête...

Nous fûmes rappelés à la réalité par un dis-
cret heurt du doigt contre la porte du salon.
C'était le garçon qui, du dehors, nous annonçait qu'Aristide attendait en bas avec une voiture. Éveline n'eut que le temps de se recoiffer ;
sans me regarder, elle me fit signe de descendre
et nous rejoignit quelques minutes après. Je ne
me sentais pas d'humeur à me retrouver en tiers
entre le mari et la femme. Je les mis en voiture
et je m'en revins à pied, mal dégrisé, les lèvres

encore toutes parfumées de ce dessert d'amour si étrangement savouré.

Le lendemain, je me réveillai, contrit et mécontent de moi, et je courus à l'hôtel du Louvre m'informer de mes amis. Aristide était déjà levé et sorti. Je fus reçu par Éveline et je lui tendis les mains. Elle me repoussa ; elle était très pâle et ses yeux me fuyaient.

— Pas un mot de ce qui s'est passé hier, murmura-t-elle... Oubliez tout, comme je voudrais pouvoir oublier !... Nous partons ce soir. Je dirai à mon mari que vous êtes venu et je vous excuserai près de lui... Ne cherchez pas à me revoir... Adieu !

Elle se précipita dans sa chambre, dont j'entendis le verrou se refermer derrière elle... Et je m'en allai tout piteux et décontenancé.

Je n'ai jamais revu madame Éveline, mais un peu après 1876, j'ai rencontré Aristide Collard. Il n'avait pas changé, il avait pris seulement plus d'embonpoint. Comme je lui demandais avec assez d'embarras des nouvelles de madame Collard :

— Elle va bien, me répondit-il, seulement son

caractère a complètement changé... Elle est devenue sauvage, casanière, presque indifférente;
elle ne veut plus quitter les Viantais, et, chose
curieuse, elle qui adorait la musique, elle ne
peut plus entendre même un orgue de Barbarie
sans avoir une crise de nerfs... Et puis elle s'est
plongée dans la dévotion jusqu'au cou... Elle
prétend que c'est sa seule consolation... Ça n'est
pas flatteur pour moi, mais je la laisse faire,
puisqu'elle s'en trouve bien, et moi aussi...

Il ne voulait plus me quitter; je prétextai une
affaire urgente pour m'éloigner, et depuis je n'ai
plus eu de ses nouvelles. — Mais, bien souvent,
je pense à cette pauvre femme enfouie dans sa
solitude des Viantais, et ne pouvant même plus
entendre de musique... Et je sens s'agiter en
moi un remords poignant et amer.

Dorothée

DOROTHÉE

Nous fumions en prenant le café, l'oncle Hubert et moi, dans une chambre haute de sa vieille maison de Vireloup, — une antique chambre carrelée, aux murs blanchis à la chaux, qui sert de fumoir et de bibliothèque. — Par l'une des larges fenêtres sans rideaux, on apercevait une lisière de bois, un coin de route tournante, et sur le revers de la colline opposée, dans un fouillis d'arbres, les tourelles roses, coiffées de toitures en éteignoir, du petit château de Colmiers.

Mon oncle Hubert, la tête penchée vers la

cheminée, tisonnait silencieusement. C'est un homme de cinquante ans, aux cheveux touffus et grisonnants, à l'œil clair, à la barbe poivre et sel, à la voix chaude et sonore. Il a un estomac solide, des jarrets d'acier, un appétit de chasseur et il vit depuis l'enfance dans son logis de Vireloup; il ne s'est point marié et il mourra vieux garçon, le plus tard possible, c'est la grâce que je lui souhaite.

Nous fumions donc tous les deux, sans mot dire, chacun à l'un des coins de la cheminée, quand tout à coup, dans le silence de la campagne, nous entendîmes au loin sur la route un bruit retentissant de sonnailles, accompagnant le trot d'un cheval et le roulement précipité d'une voiture. L'oncle Hubert tressaillit et releva vivement la tête. La voiture avait passé rapidement devant la maison, le tintement saccadé des sonnailles s'éteignait déjà dans l'éloignement et tout, aux entours, était redevenu tranquille.

— Singulier effet de la mémoire et des nerfs! murmura l'oncle en posant sa pipe sur la table. Je ne puis jamais entendre ce bruit précipité des sonnailles sur la route, sans avoir un battement de cœur et sans revoir avec ses plus menus détails une scène qui s'est passée là-bas, dans ce château de Colmiers qu'habitait alors madame Dorothée des Aulnois... Elle est morte il y a plus de vingt ans, la pauvre !... Et comme tous ses proches sont morts également, je crois que je puis sans indiscrétion te conter cette histoire.

A l'époque dont je te parle, madame Dorothée avait trente ans. C'était une grande et forte femme taillée comme un homme : — voix de contralto, longs bras, longues jambes, une poitrine robuste, les gestes virils, les traits de la figure gros et irréguliers, des sourcils charbonnés et d'épais cheveux noirs ; — mais avec cela une peau douce comme du satin, de grands yeux bruns tendres et humides, des dents éblouissantes, un sourire charmant et un cœur exquis. Au dire des gens qui l'avaient connue à dix-huit ans, elle n'avait jamais eu ni fraîcheur ni jeunesse, et elle n'avait jamais été mieux que depuis qu'elle touchait à la maturité. Moi, je venais d'entrer dans ma vingtième année ; j'étais, sans me flatter, assez joli garçon ; je vivais, comme aujourd'hui, à Vireloup, en sauvage, ce

qui ne m'empêchait pas d'avoir le cœur très
chaud et de me sentir un grand appétit de tendresse. Nous étions avec Colmiers en relations de
bon voisinage, je voyais souvent madame Dorothée, et, dame! quand à vingt ans on se trouve
journellement et familièrement aux côtés d'une
jeune femme accorte et ardente, on finit par
découvrir en elle des attraits qu'on n'avait pas
soupçonnés tout d'abord. Je devins donc peu à
peu fort amoureux de Dorothée des Aulnois, et
je dois dire qu'elle ne me laissa pas longtemps
me morfondre en inutiles soupirs. — Bien qu'il
y eût quelque part un M. des Aulnois, il ne
nous gênait pas, car il était passé à l'état de
vague souvenir. Dorothée avait été mariée aussi
peu que possible, et voici comme :

Son frère, Armand de Colmiers, était directeur aux affaires étrangères et très en faveur près
du ministre. Désirant fort marier sa sœur, il
avait jeté les yeux sur un de ses camarades,
M. des Aulnois, qui était de la carrière et qui
convoitait un consulat. — Il profita d'un bal
officiel qui eut lieu chez nous, à Dijon, pour y
conduire des Aulnois et lui montrer celle qu'il
souhaitait de lui donner pour femme. Or Doro-

thée assistait à ce bal en compagnie d'une fort
jolie personne des environs. Il y eut malen-
tendu; soit que des Aulnois eût mal compris,
soit que Colmiers se fût mal expliqué, le futur
consul crut que sa prétendue était la jolie fille
qui accompagnait Dorothée, et le lendemain,
en rentrant à Paris, il dit à Colmiers que le
mariage était une affaire convenue, à condition
qu'on lui donnerait le consulat tant convoité.
— Mais lorsque, quinze jours après, les bans
déjà publiés, il vint au château faire sa cour, il
s'aperçut qu'il y avait erreur sur la personne, il
trouva la véritable Dorothée fort peu séduisante,
fit la grimace et chercha un biais pour se déga-
ger. Là-dessus le frère fronça les sourcils,
menaça, se gendarma et finit par déclarer que
— pas de mariage, pas de consulat; — tant et
si bien que des Aulnois, mis au pied du mur, se
résigna à épouser. La noce eut lieu à Vireloup;
mais, le soir même, des Aulnois, ayant sa nomi-
nation en poche, tira sa révérence à son épousée
et dare dare prit le train de Marseille, d'où il
gagna son consulat.

On n'entendit plus parler de ce mari d'un

jour, et Dorothée, fort déconfite, resta à Colmiers, à la fois fille, femme et veuve. Le temps finit par cicatriser les blessures de son amourpropre, et quand je la connus, elle avait parfaitement oublié le volage des Aulnois. Elle savait qu'il était toujours consul quelque part, dans les Échelles du Levant, et elle ne souhaitait plus qu'une chose, c'est qu'il y restât éternellement.

Nous nous voyions donc intimement, sans inquiétude, sans remords. Je la trouvais charmante en dépit de sa haute taille; je l'aimais avec toute la verdeur de mes vingt ans, et elle mordait à belles dents, avec délices, dans ce savoureux fruit d'amour dont elle avait été sevrée si longtemps.

Or, une après-midi comme celle d'aujourd'hui, tandis que dans sa chambre nous devisions tous deux tendrement au coin du feu, un brusque tintement de sonnailles et un roulement de voiture retentirent sur la route; puis, au bout de quelques minutes, un domestique annonça M. des Aulnois. Ce fut si renversant, si étourdissant, si incongru, que Dorothée n'eut même pas la force de jeter un cri. Elle devint très pâle, et moi je me dressai sur mes pieds, ne sachant trop quelle contenance faire.

M. des Aulnois entra en souriant et avec l'aisance d'un homme qui est chez lui. C'était un ex-beau, de quarante-cinq à cinquante ans, très élégant, très soigné, à la figure fanée, aux manières distinguées et froidement polies.

— Ma chère amie, dit-il en baisant la main de Dorothée, j'ai été mis en retrait d'emploi, je viens de débarquer en France, et ma première visite est pour vous... Mais, poursuivit-il ironiquement en me dévisageant, je ne veux être une cause de dérangement pour personne... Faites-moi donner une chambre, ajoutez un couvert à table et ne changez rien à vos habitudes...

Là-dessus, il salua, s'installa au coin du feu et se mit à causer sans la moindre gêne, comme s'il n'eût jamais quitté Colmiers. Peu à peu cependant la conversation tomba; nous étions, nous, fort mal à l'aise, comme tu penses, et nous n'avions pas l'humeur gaie. D'un coup d'œil, Dorothée m'avait supplié de rester et je me serais fait couper en quatre plutôt que de ne pas lui obéir. L'après-midi se traîna languissamment; quant au dîner, il fut mortellement maussade. A mesure que la nuit approchait, la figure de M. des Aulnois s'allongeait, son sourire rentrait et il devenait rêveur. Au dessert, il se leva brusquement :

— Madame, dit-il, je suis désolé de vous avoir dérangée ; mais, à franchement parler, je crois que décidément je ne pourrai jamais m'habituer à la vie de la campagne... Je préfère repartir pour Paris et je vous fais mes humbles excuses... N'y aurait-il pas moyen d'avoir des chevaux immédiatement?

Je ne lui laissai pas répéter cette question deux fois. Je me précipitai dehors, je courus au village et j'y mis du zèle, je t'en réponds!... Une heure après, je lui avais trouvé un bon cabriolet et j'y avais fait charger ses bagages. Il me remercia, baisa la main de sa femme, s'excusa encore et partit comme il était venu.

Quand nous entendîmes les sonnailles résonner sur la route, je me jetai au cou de Dorothée et nous nous embrassâmes avec l'effusion de gens qui ont couru un horrible ennui, mais qui en ont été quittes pour la peur.

— La pauvre ! reprit mon oncle après avoir

silencieusement tisonné, elle ne profita pas longtemps de sa liberté reconquise... Elle mourut,
deux ans après, d'une mauvaise fièvre. — Vingt
ans se sont passés depuis; mais, quand j'entends
des sonnailles tinter sur le grand chemin, je tres-
saille encore et il me semble revoir Dorothée
avec sa haute taille, ses yeux humides, ses lèvres
vermeilles, me serrant dans ses bras, sur le seuil
de la chambre aux tapisseries vertes où nous
nous sommes si chaleureusement aimés !

Fragment du Journal

D'UNE PENSIONNAIRE

FRAGMENT DU JOURNAL

D'UNE PENSIONNAIRE

U moment où j'achevais ce chapitre du charmant *Journal* d'Hélène Massalska, où la future princesse de Ligne raconte l'épisode de la bouteille d'encre versée dans le bénitier de l'Abbaye-au-Bois, j'ai retrouvé le journal — manuscrit, celui-là — d'une jeune fille élevée pendant le second Empire dans une pension de Paris. Je ne résiste pas à la tentation d'en citer un passage. On y verra qu'au dix-neuvième comme au dix-huitième siècle, dans les couvents aristocratiques comme dans les pensions de la bourgeoisie, la gent écolière est toujours la même, et que, décidément, l'influence des milieux ne modifie pas la plante humaine autant qu'on veut bien le dire :

« *18 juillet*. — Demain a lieu le concours de piano. C'est un grand jour. M. et Mme Paponnet ont convoqué nos parents et amis pour juger des progrès musicaux de la pension. Mais il était écrit sans doute que je ne serais pas appelée à figurer à cette petite fête. Ce matin, à la leçon de danse, tandis que M. Croisez, notre antique professeur, jouait les premières mesures d'un quadrille, une idée baroque m'est montée à la tête. J'ai étalé en éventail ma jupe dont mes deux mains pinçaient les plis, puis j'ai traversé la salle en battant des entrechats et en m'écriant : *Chassez-croisez*, mesdemoiselles, *chassez-croisez !* » Ce mauvais calembour n'a pas eu tout le succès que j'en attendais. Le rigide M. Croisez a très mal pris la plaisanterie. Il est allé lâchement se plaindre à madame Paponnet, et celle-ci, scandalisée, m'a privée du concours, ainsi que Lucie Collignon, qui me faisait vis-à-vis et qui avait ri trop haut. La privation de concours me laissa indifférente ; je n'ai pas d'amour-propre d'artiste et je ne tiens nullement à faire admirer mon doigté dans un morceau à huit mains. — Mais après les exercices de piano, il y aura un lunch offert aux parents et aux élèves par madame Paponnet, et, comme je suis gourmande, l'interdiction de participer à ce lunch me paraît arbitraire et injuste. Je m'efforce de faire partager mes rancunes à Lucie Collignon, qui est, comme moi, très portée sur sa bouche.

Lucie est une fille douce, moutonnière, un peu *bébête*. Son père, marchand de légumes secs en gros, rue Montorgueil, est le fournisseur de l'institution Paponnet. Il paie la pension de Lucie en nature. Aussi, quand les haricots ou les lentilles laissent à désirer, c'est cette grande dinde de Collignon qui en pâtit ; nous l'accablons d'injures, nous la conspuons en pleine récréation, et elle ne répond qu'en pleurant jusque dans ses bas. — Je n'ai donc pas eu de peine à lui persuader que nous devions nous venger et à m'assurer sa complicité. — Mais comment nous venger ?... Les coudes appuyés sur mon pupitre, les doigts enfoncés dans mes cheveux ébouriffés, je cherche, je cherche, et je ne trouve rien qui vaille...

19 juin. — J'ai trouvé ! — Ce matin, dans la cour, j'ai dit à Lucie : « Pendant la leçon de couture, je demanderai à aller étudier mon piano ; comme c'est très naturel, on me le permettra... Cinq minutes après, tu feras la même demande et tu viendras me rejoindre... Je t'attendrai dans le *lavabo*. » — Les choses se sont passées comme je l'avais prévu, et nous nous sommes rendues toutes les deux dans un *lavabo*, à l'étage au-dessus. « Maintenant, ai-je commandé à Lucie, ôte tes souliers ; il ne faut pas qu'on nous entende marcher... Déchausse-toi et suis-moi ! — Où allons-nous ? — Tu verras bien !... » Elle obéit, et, avec mille précautions, j'enfile le couloir qui conduit au salon de madame. C'est là que doit avoir lieu le concours. Les chaises destinées à l'assistance sont alignées en rang d'oignons ; en avant, se dressent solennellement les deux pianos ; puis, dans une encoignure, une table ronde à dessus de marbre supportant de vastes plateaux et, sur ces plateaux, des quantités de petits babas destinés au lunch. Que de babas ! il y en a bien une soixantaine, — bruns, à côtes, tout humides et tout odorants encore du rhum où ils ont été plongés. — Lucie Collignon restait bouche béante devant ces bonnes choses et les yeux lui sortaient de la tête.

« Tiens-toi contre la porte, lui dis-je, et empêche qu'on entre. »

Je m'approche des plateaux, je soulève un baba et je le mords délicatement en dessous. C'était bon. Même cérémonie avec le second baba.

« Part à deux! » s'écrie Lucie qui grille d'en faire autant, mais je m'y oppose! — « Du tout, reste où tu es... Je prends sur moi la responsabilité de la vengeance; il est donc juste que je l'accomplisse seule jusqu'au bout. »

Et je l'accomplis héroïquement. Pas un seul baba ne demeure intact; tous portent la marque de mes dents... Le coup fait, nous nous esquivons en chattemite et nous allons étudier notre piano.

Une heure. Les invités commencent à affluer. Madame Paponnet, grande, sèche, osseuse, avec des tire-bouchons d'un blond fade, une bouche de crocodile et des dents de cheval, a endossé sa robe de poult de soie olive et se tient debout dans le salon où M. Paponnet se démène en habit et en cravate blanche. Petit, leste, sémillant, le teint blanc et rose, les yeux bleus, la barbe clairsemée, il a l'air d'être en sucre et offre le bras aux dames en leur distillant des compliments qui coulent, fades et sirupeux comme de l'orgeat. Toutes les élèves en grand tralala sont en haut; quant à nous, vêtues de notre robe et de notre tablier de tous les jours, on nous a reléguées comme des parias dans la salle d'étude.

Une heure et demie. On commence le concours. D'abord l'*Ouverture du Jeune Henri* à huit mains sur les deux pianos; puis une sonate de Ravina, notre professeur, qui préside la cérémonie. De temps en temps des applaudissements éclatent, puis les deux pianos repartent ensemble. Tout à coup un grand silence, interrompu seulement par des remuements de chaises et des piétinements. On procède au lunch, et mon cœur se met à battre. Le silence devient de plus en plus solennel; on dirait qu'une morne stupéfaction règne là-haut... Et tout en regardant Lucie Collignon, qui pâlit, je savoure délicieusement ma vengeance.

Brusquement la porte de la salle d'études s'ouvre et M. Paponnet, hagard, pâle, les cheveux dressés, la cravate en détresse, apparaît sur le seuil :

— Mesdemoiselles, s'exclame-t-il, c'est une honte, c'est une abomination, ce que vous avez fait !... Vous avez déshonoré la maison, vous avez contraint madame Paponnet à rougir devant ses invités !... Mais les choses ne se passeront pas ainsi et les deux coupables recevront un châtiment exemplaire...

Je me lève toute rouge, et je réponds courageusement :

— Monsieur, il n'y a pas *deux* coupables... Il n'y en a qu'une... C'est moi.

Sans égard pour ma grandeur d'âme, le petit homme me prend par le bras, m'entraîne dans l'escalier, à travers le couloir, et me pousse en plein salon devant les parents ébaubis. — Un spectacle tragique : tous les petits babas, le ventre en l'air, gisaient sur les plateaux, montrant les morsures que je leur avais infligées. Les élèves, simulant l'indignation, poussaient des *oh !* et des *ah !* hypocrites; les parents me regardaient avec des mines scandalisées. Moi, avec ma robe noire fripée et mon tablier d'alpaga, je baissais les yeux, j'avais deux pouces de rouge sur les joues et j'aurais voulu être dans un trou de souris.

Enfin madame Paponnet, qui ne se possédait plus, m'a tirée d'embarras en s'écriant : « Qu'on emmène cette perverse créature !... Je ne peux plus la voir... Je ne le peux plus !... Tous mes babas !... Elle les a entamés tous... et elle n'en est même pas malade ! »

On m'a jetée honteusement dehors. — Conclusion : privée de sortie jusqu'aux prix ; deux jours de pain sec et le bonnet de nuit pendant une semaine... Mais ça m'est égal, je me suis vengée ! »

Les Pêches

LES PÊCHES

—

L A première fois que je revis, après vingt-cinq ans, mon vieux copain Vital Herbelot, ce fut dans un banquet des anciens élèves d'un lycée de province où nous avions pioché notre *bachot.* — Ces sortes de réunions se ressemblent presque toutes : poignées de mains, reconnaissances bruyantes, tutoiements qu'on est étonné de reprendre après un silence d'un quart de siècle ; constatations mélancoliques des changements apportés par les années, dans les physionomies et les fortunes ; puis le discours solennel du président, les toasts, les évocations des souvenirs du collège, dont le temps a évaporé les amertumes, pour ne laisser subsister que la mielleuse saveur des jours où chacun de nous tenait dans sa main une boîte de Pandore pleine d'espérances dorées...

Je fus passablement surpris de trouver un Vital Herbelot tout différent de celui dont j'avais gardé souvenance. Je l'avais connu mince et timide, tiré à quatre épingles, correct et réservé, réunissant toutes les qualités aimables d'un jeune surnuméraire qui veut faire son chemin dans l'administration où sa famille l'a casé. Je revoyais un gaillard solide, membru, au cou et au teint hâlés, ayant l'œil vif, le verbe haut, net et éclatant d'un homme qui n'est pas habitué à peser ses paroles. Avec ses cheveux coupés en brosse, son complet de drap anglais, sa barbe poivre et sel en éventail, il avait en toute sa personne quelque chose d'aisé, de décidé et de désinvolte, qui ne sentait en rien le fonctionnaire.

— Ah ! çà, lui demandai-je, qu'es-tu devenu ? N'es-tu plus dans l'administration ?

— Non, mon vieux, répondit-il, je suis tout bêtement cultivateur... Je fais valoir à une demi-lieue d'ici, à Chanteraine, une propriété assez ronde où je sème du blé et où je récolte un petit vin pineau dont je te ferai goûter quand tu viendras me voir.

— En vérité! m'écriai-je, toi, fils et petit-fils de bureaucrates, toi qu'on citait comme le modèle des employés et auquel on prédisait un brillant avenir, tu as jeté le froc aux orties?

— Mon Dieu, oui.

— Comment cela est-il arrivé?

— Mon cher, répliqua-t-il en riant, les grands effets sont souvent produits par les causes les plus futiles... J'ai donné ma démission pour deux pêches.

— Deux pêches?

— Ni plus ni moins, et quand nous aurons pris le café, si tu veux m'accompagner jusqu'à Chanteraine, je te conterai cela.

Après le café, nous quittâmes la salle du banquet, et, tandis qu'en fumant un cigare nous longions le canal, par une tiède après-midi de la fin d'août, mon ami Vital commença son récit :

— Tu sais, me dit-il, que j'étais un « enfant de la balle, » et que mon père, vieil employé, ne voyait rien de comparable à la carrière des bureaux. Aussi, dès que je fus débarrassé de mon baccalauréat, on n'eut rien de plus pressé que de me caser comme surnuméraire dans l'administration paternelle. Je ne me sentais pas de vocation bien déterminée et je m'engageai docilement sur cette banale grand'route de la bureaucratie, où mon père et mon grand-père avaient lentement, mais sûrement cheminé. J'étais un garçon laborieux, discipliné, élevé dès le berceau dans le respect des employés supérieurs et la déférence qu'on doit aux autorités; je fus donc bien noté par mes chefs et je conquis rapidement mes premiers grades administratifs. Quand j'eus vingt-cinq ans, mon directeur, qui m'avait pris en affection, m'attacha à ses bureaux, et mes camarades envièrent mon sort. On parlait déjà de moi comme d'un futur employé supérieur et on me prédisait le plus bel avenir. C'est alors que je me mariai. J'épousai une jeune fille fort jolie, et, ce qui vaut mieux, très bonne et très aimante, — mais sans fortune. C'était un tort grave aux yeux du monde d'employés dans lequel je vivais. On y est très positif; on ne voit guère dans le mariage qu'une bonne affaire et on y prend volontiers pour règle que « si le mari apporte à déjeuner, la femme doit apporter à dîner. » Or ma femme et moi, nous avions à peine à nous deux de quoi chichement souper. On cria très haut que j'avais fait une sottise. Plus d'un brave bourgeois de mon entourage déclara net que j'étais fou et que je gâchais à plaisir une belle situation. Néanmoins, comme ma femme était très gentille et très bonne enfant, comme nous vivions modestement, et qu'à force d'économies nous réussissions à joindre les deux bouts, on passa condamnation sur mon « imprévoyance, » et la société locale daigna continuer à nous accueillir.

Mon directeur était riche, il aimait la représentation et se piquait de faire bonne figure dans le monde. Il recevait souvent, donnait de plantureux dîners et, de temps à autre, invitait à une sauterie les familles des fonctionnaires et des notables de la ville. Au bout d'un an, ma femme, étant dans une position intéressante, dut garder la maison, et, bien que j'eusse préféré lui tenir compagnie, je fus obligé d'assister seul aux réceptions directoriales, car mon chef n'admettait pas qu'on déclinât ses invitations, et, chez lui, ses employés devaient s'amuser par ordre.

Justement, au moment où ma femme allait me rendre père, il y eut un grand bal à la direction, et, naturellement, il me fallut, bon gré mal gré, endosser mon habit noir.

A l'heure du départ, tout en élaborant le nœud de ma cravate blanche, ma femme m'adressa force recommandations :

— Ce sera très beau... N'oublie pas de bien regarder, afin de tout me raconter en détail : les noms des dames qui seront à la soirée, leurs toilettes et le menu du souper... Car il y aura un souper. Il paraît qu'on a fait venir de chez Chevet des tas de bonnes choses... des primeurs; on parle de pêches qui ont coûté 3 francs pièce... Oh! ces pêches!... Sais-tu? si tu étais gentil, tu m'en rapporterais une...

J'eus beau me récrier, lui remontrer que la chose était peu pratique et combien il était difficile à un monsieur en habit noir d'introduire un de ces fruits dans sa poche, sans risquer d'être vu et mis à l'index... Plus j'élevais d'objections et plus elle s'entêtait dans sa fantaisie :

— Rien de plus facile, au contraire!... Au milieu du va-et-vient des soupeurs, personne ne s'en apercevra... Tu en prendras une comme pour toi et tu la dissimuleras adroitement... Ne hausse pas les épaules !... Soit, mettons que c'est un enfantillage, mais j'en ai envie; depuis que j'ai entendu parler de ces pêches, j'ai un désir fou d'y goûter... Promets-moi de m'en rapporter au moins une... Jure-le-moi !...

Le moyen d'opposer un refus catégorique à une femme qu'on aime ?... Je finis par murmurer une promesse vague et me hâtai de partir; mais, au moment où je tournais le bouton de la porte, elle me rappela. Je vis ses grands yeux bleus se tourner vers moi, tout brillants de convoitise, et elle me cria encore :

— Tu me le promets ?...

Un très beau bal : des fleurs partout, des toilettes fraîches, un orchestre excellent. Le préfet, le président du tribunal, les officiers de la garnison, tout le dessus du panier se trouvait là. Mon directeur n'avait rien épargné pour donner de l'éclat à cette fête dont sa femme et sa fille faisaient gracieusement les honneurs. A minuit, on servit le souper, et, par couples, les danseurs passèrent dans la salle du buffet. Je

m'y faufilai en palpitant, et, à peine entré,
j'aperçus en belle place, au milieu de la table,
les fameuses pêches envoyées par Chevet.

Elles étaient magnifiques, les pêches! Dispo-
sées en pyramide dans une corbeille de faïence
de Lunéville, douillettement espacées et serties
par des feuilles de vigne, elles étalaient avec
orgueil leur couleur appétissante où des rou-
geurs foncées diapraient le blanc verdâtre de la
peau veloutée. Rien qu'à les voir, on devinait la
fine saveur parfumée de la chair rosée et fon-
dante. De loin, je les caressais de l'œil et je
songeais aux joyeuses exclamations qui m'ac-
cueilleraient au retour, si je parvenais à rapporter à la maison un échantillon de ces fruits
exquis. Elles excitaient l'admiration générale;
plus je les contemplais, plus mon désir prenait
la forme d'une idée fixe, et plus fort s'enfonçait
dans mon cerveau la résolution d'en chiper une
ou deux... Mais comment?... Les domestiques
préposés au service faisaient bonne garde autour
de ces rares et coûteuses primeurs. Mon directeur s'était réservé le plaisir d'offrir lui-même
ses pêches à quelques privilégiés. De temps en
temps, sur un signe de mon chef, un maître

d'hôtel prenait une pêche délicatement, la coupait à l'aide d'un couteau à lame d'argent, et présentait les deux moitiés sur une assiette de Sèvres à la personne désignée. Je suivais avidement ce manège et je voyais en tremblant s'effondrer la pyramide. Néanmoins on n'épuisa pas le contenu de la corbeille. Soit que la consigne eût été adroitement exécutée, soit qu'on y mît de la discrétion, quand les soupeurs, rappelés par un prélude de l'orchestre, se précipitèrent dans le salon, il restait encore une demi-douzaine de belles pêches sur le lit de feuilles vertes.

Je suivis la foule, mais ce n'était qu'une fausse sortie. J'avais laissé mon chapeau dans une encoignure, — un chapeau haut de forme qui m'avait considérablement gêné pendant toute la soirée. — Je rentrai sous prétexte de le reprendre, et, comme j'étais un peu de la maison, les domestiques ne se méfièrent pas de moi. D'ailleurs ils étaient occupés à transporter à l'office la vaisselle et les verres qui avaient servi aux soupeurs, et, à un certain moment, je me trouvai seul près du buffet. — Il n'y avait pas une minute à perdre. — Après un furtif coup d'œil à

droite et à gauche, je m'approchai de la corbeille, je fis rouler prestement deux pêches dans
mon chapeau, où je les tamponnai à l'aide de
mon mouchoir; puis, — très calme en apparence, très digne, bien que j'eusse un affreux
battement de cœur, — je quittai la salle à
manger en appliquant soigneusement l'orifice de
mon couvre-chef contre ma poitrine, et l'y maintenant à l'aide de ma main droite passée dans
l'ouverture de mon gilet, ce qui me donnait une
pose très majestueuse et quasi napoléonienne.

Mon projet était de traverser doucement le
salon, de m'esquiver à l'anglaise, et, une fois
dehors, de rapporter victorieusement à la maison
les deux pêches enveloppées dans mon mouchoir.

La chose n'était pas aussi facile que je l'avais
pensé tout d'abord. On venait de commencer le
cotillon. Tout autour du grand salon, il y avait
un double cordon d'habits noirs et de dames
mûres, entourant un second cercle formé par les
chaises des danseuses; puis, au milieu, un large
espace vide où valsaient les couples. C'était cet
espace qu'il me fallait traverser pour gagner la
porte de l'antichambre.

Je m'insinuai timidement dans les interstices des groupes, je serpentai entre les chaises avec la souplesse d'une couleuvre... Je tremblais à chaque instant qu'un brutal coup de coude ne vînt déranger la position de mon couvre-chef et ne fît choir mes pêches. Je les sentais ballotter dans l'intérieur de la coiffe et j'en avais chaud aux oreilles et aux cheveux. Enfin, après bien des peines et bien des transes, je débouchai dans le cercle au moment où on organisait une nouvelle figure : la danseuse est placée au centre des danseurs qui exécutent autour d'elle une ronde en lui tournant le dos ; elle doit tenir un chapeau à la main et en coiffer au passage celui des cavaliers avec lequel elle désire valser. A peine avais-je fait deux pas, que la fille de mon directeur, qui conduisait le cotillon avec un jeune conseiller de préfecture, s'écria :

— Un chapeau ! Il nous manque un chapeau !

En même temps, elle m'aperçut avec mon tuyau de poêle collé sur ma poitrine ; je rencontrai son regard et tout mon sang se figea :

— Ah ! me dit-elle, vous arrivez à point, monsieur Herbelot !... Vite, votre chapeau !...

Avant que j'eusse pu seulement balbutier un

mot, elle s'empara de mon chapeau... si brusquement que, du même coup, les pêches rou-
lèrent sur le parquet, entraînant mon mouchoir
et deux ou trois feuilles de vigne...

Tu vois d'ici le tableau. Les danseuses riaient
sous cape en contemplant mon méfait et ma
mine déconfite; mon directeur fronçait le sourcil, les gens graves chuchotaient en me montrant
du doigt, et je sentais mes jambes fléchir...
J'aurais voulu m'enfoncer dans le parquet et disparaître.

La jeune fille se pinça les lèvres pour ré-
primer un éclat de rire, puis me rendant mon
chapeau :

— Monsieur Herbelot, me dit-elle d'une voix
ironique, ramassez donc vos pêches!

Les rires alors partirent de tous les coins du
salon; les domestiques eux-mêmes se tenaient
les côtes, et, pâle, hagard, chancelant, je m'en-
fuis, écrasé de confusion; j'étais si égaré que
je ne trouvais plus la porte, et je m'en allai, la
mort dans le cœur, conter mon désastre à ma
femme.

Le lendemain, l'histoire courait la ville. Quand
j'entrai dans mon bureau, mes camarades m'ac-

cueillirent par un : « Herbelot, ramassez vos
pêches ! » qui me fit monter le rouge au visage.
Je ne pouvais hasarder un pas dans la rue sans
entendre derrière moi une voix gouailleuse murmurer : « C'est le monsieur aux pêches ! » La
place n'était plus tenable, et, huit jours après, je
donnai ma démission.

Un oncle de ma femme avait un train de culture aux environs de ma ville natale. Je le priai
de me prendre comme auxiliaire. Il y consentit
et nous nous installâmes à Chanteraine... Que
te dirai-je encore ?... Je mis résolument la main
à l'œuvre, me levant avec l'aube et ne plaignant
pas ma peine. Il paraît que j'avais plus de vocation pour la culture que pour la paperasserie,
car je devins, en peu de temps, un agriculteur sérieux. Le domaine prospéra si bien, qu'à sa mort,
notre oncle nous le laissa par testament. Depuis
je l'ai arrondi et je l'ai amené à l'état satisfai-
sant où tu vas le voir...

Nous étions arrivés à Chanteraine. Nous y
pénétrâmes par un verger plein de fruits. Les
branches chargées de pommes, de poires et de
quoiches pliaient jusqu'à terre. A l'extrémité du

clos, une prairie en pente dévalait vers la rivière bleuissante, au delà de laquelle se relevait un coteau de vignes où les raisins commençaient à grossir et où les grives chantaient. A gauche, derrière les arbres, un ronflement de batteuse indiquait l'emplacement des granges, et, quand nous eûmes traversé le potager, nous aperçûmes la façade blanche de la maison d'habitation, où grimpaient en espalier des pêchers couverts de belles pêches mûrissantes.

— Tu le vois, me dit Vital Herbelot, je rends un culte aux pêches. Je leur dois mon bonheur. Sans elles, je serais resté un mince fonctionnaire, tremblant au moindre froncement de sourcil d'un préfet, grossissant la meute déjà trop nombreuse des employés qui ont grand'-peine à joindre les deux bouts, et me refusant jusqu'aux douceurs de la paternité par crainte de ne pouvoir nourrir ni doter ma progéniture; tandis que maintenant je suis mon maître, je fais pousser mon blé et je me suis payé une ribam-belle d'enfants...

Au même moment, j'entendis de joyeux rires de garçons et de filles à l'intérieur du logis. Et à la fenêtre du rez-de-chaussée, dans l'en-

cadrement des espaliers couverts de pêches,
madame Herbelot apparut, robuste et belle encore aux approches de la quarantaine, — pêche
mûre elle-même et dorée par la chaude lumière
d'un magnifique soleil couchant.

Méline

MÉLINE

IEN que séparés par une longue forêt, les villages de Hâcourt-le-Sec et de Chaudefontaine semblent être à vingt lieues l'un de l'autre, tant la vie qu'on y mène est différente : — le premier s'étend en plaine, sur la hauteur ; le second s'éparpille à la lisière des bois, le long d'une claire rivière lorraine, la Muanne, qui court à travers de grasses prairies. — Hâcourt est un pauvre pays de culture ; on y trime dur à faire pousser le blé, on ne s'y amuse guère et le curé y a prohibé la danse ; Chaude-

fontaine est riche, on y festoie volontiers, on y
pêche, on y chasse et on y danse le dimanche.
— Naturellement, en bons voisins, les deux
villages se jalousent et se détestent de tout leur
cœur.

A Hâcourt-le-Sec, la dernière maison de la
rue qui dévale vers les bois était celle du père
Chaloppin, plus connu sous le nom de Doudou :
une maison de cultivateur avec deux pièces habi-
tables, écurie, engrangements et, de plus, un
jardin potager, un *maix* où ne fleurissaient guère
que des giroflées au printemps et des rosiers à
cent feuilles en juillet. — Doudou était un petit
homme robuste et trapu, éternellement coiffé
d'un bonnet de coton sous lequel souriait finau-
dement une figure rasée, à l'expression narquoise
et papelarde. Il avait été joli garçon et il lui en
restait encore quelque chose : deux yeux luisants
et une bouche en cerise qui s'ouvrait volontiers
pour geindre ou flagorner. Possédant deux chevaux, il gagnait sa vie à faire des charrois pour
les gens du village ; le reste du temps, il cultivait
son *terrage* ou plutôt il le laissait cultiver par
ses deux garçons et sa femme Mentine, une
grande gaillarde forte comme un cheval, bonne

comme du pain et qu'à cause de sa haute
taille, on avait surnommée *Pousse-Nuée*. Tout
ce monde-là piochait ferme. Quant à Doudou
habitué aux flâneries et aux buveries des char-
royeurs qui sont continuellement sur les routes,
il se contentait de travailler de la langue et des
mâchoires, mais il s'entendait merveilleusement
à faire travailler les autres.

Une seule personne de la famille n'allait
jamais aux champs : c'était Méline, la dernière
fille et la préférée de *Pousse-Nuée*, qui la mi-
gnotait et la gâtait à plaisir. Elle avait été à
l'école des Sœurs et elle en était sortie à
quinze ans, si mignarde de façons, si allurée
d'esprit, et si gentille, que sa mère n'avait pas
voulu qu'elle s'abîmât le tempérament à *monder*
l'étable ou à cultiver la terre. Elle gardait la
maison et, comme elle était très adroite de ses
doigts, elle brodait pour un magasin de la
ville ou elle taillait des robes pour les femmes
du village. Aussi avait-elle le teint frais, des
mains de demoiselle et des goûts de coquetterie
à l'avenant.

A dix-huit ans, Méline était une jolie fille,

assez grande, blanche de peau avec de légères
taches de rousseur sur les joues et sur le front.
Souple de taille, la poitrine étoffée, elle avait les
yeux luisants, le nez fin et la bouche en cerise
de son père. Ses cheveux blonds, frisant naturellement, s'envolaient en boucles folles sur la
nuque et sur les tempes, et elle-même, comme
sa chevelure, semblait disposée à s'envoler,
ayant toujours le pied levé quand il s'agissait de
prendre du bon temps. Sa réputation d'habile
couturière s'était répandue au delà du village,
on la demandait aux environs et elle allait souvent en journée à Chaudefontaine. L'endroit lui
plaisait. Les femmes y étaient plus coulantes et
les garçons moins balourds que chez elle. Aussi
inventait-elle d'ingénieux prétextes pour y passer
le dimanche et pour y rester au bal du soir. Elle
s'en revenait à la nuitée, reconduite par quelque
danseur. Il y a une bonne lieue de bois entre
les deux villages, et comme elle était fort sémil-
lante, comme les chasseurs de Chaudefontaine
ne passent pas pour gens timides, les mauvaises
langues prétendaient qu'elle laissait chaque fois
un lambeau de sa sagesse dans les taillis. Quoi
qu'il en soit, elle devint chaque jour plus frin-

gante, plus coquette et plus gourmande de plaisir. Ses façons finirent par scandaliser les gens de Hâcourt, et le curé, un dimanche, s'en plaignit au prône, ce qui mortifia très fort la mère Chaloppin, mais ne modifia nullement les allures de sa fille.

Elle ne s'inquiéta des remontrances du curé que pour s'en irriter.

— De quoi se mêle-t-il? répondit-elle aux doléances de *Pousse-Nuée;* si on continue à être ainsi *sur ma fressure*, je me donnerai de l'air... Voilà tout ce qu'on y gagnera.

Elle se sentait pousser des ailes, s'ennuyait à mourir dans ce trou de Hâcourt, et souhaitait tout bas que quelque amoureux huppé l'en fît sortir.

Les désirs de la belle fille furent satisfaits plus tôt qu'elle ne l'espérait. A l'automne, des Parisiens qui avaient loué la chasse de la forêt domaniale vinrent s'installer à l'auberge de Chaudefontaine. L'un d'eux, riche et joli garçon, remarqua Méline, la galantisa, et elle sut si bien jouer de la prunelle, si bien lui tenir la dragée haute, qu'il fut assez fou pour l'enlever. Un beau matin, le village apprit que la fille à

Doudou s'était enfuie à Paris avec son galant.
Quand le père Chaloppin revint de l'une
de ses tournées, il trouva l'oiseau envolé et
Pousse-Nuée qui se lamentait dans la maison
vide.

D'abord il jura, saboula sa femme, se répan-
dit en invectives contre la coquine et son séduc-
teur et parla de mettre la gendarmerie à leurs
trousses. Puis il parut céder aux remontrances
de Mentine, qui le suppliait de n'en rien faire à
cause du scandale : — Elle se repentira, protestait la bonne femme, bien sûr elle reviendra
d'elle-même...

— Qu'elle s'en donne de garde ! vociférait
l'implacable Doudou, que jamais elle ne repa-
raisse devant moi ! Aussi vrai que voilà le jour,
je la décarcasserais de mes propres mains !...
C'est une honte !... Ah ! que j'ai donc de maux,
Seigneur Dieu, d'être le père d'une pareille
dévergondée !...

Là-dessus le désolé Chaloppin geignait et
pleurait à fendre l'âme. Il maudissait la cou-
pable : — Je la renonce pour ma fille, protes-
tait-il énergiquement, je ne veux plus en entendre parler !...

Et il fut servi à souhait, car Méline ne donna plus de ses nouvelles. Chacun reprit ses occupations, et, sauf la pauvre *Pousse-Nuée* qui avait toujours le cœur navré, personne bientôt ne songea plus à celle qui avait si prestement jeté son bonnet par-dessus les chênes de la forêt de Hâcourt.

Cinq ans se passèrent, pendant lesquels les destinées et la fortune de Chaudefontaine changèrent miraculeusement. Ainsi que son nom l'indique, ce village avait possédé jadis une source minérale d'eau chaude. En creusant à la base de la colline, on trouvait même encore les substructions d'un antique bain romain, et un jour, en fouillant ces ruines, un paysan y découvrit la source depuis longtemps perdue. Grande rumeur chez les antiquaires du département. Un spéculateur réussit à capter la source et de plus sut aussi capter les fonds de plusieurs gros capitalistes. La réclame s'en mêla; de grands journaux vantèrent l'efficacité des eaux minérales retrouvées; bref, un établissement thermal fut créé à Chaudefontaine.

Une grande dame, fort lancée dans le monde

parisien, essaya des bains de Chaudefontaine, s'en trouva bien et les patronna. Le site agreste et un peu sauvage, le voisinage des bois, les eaux poissonneuses de la Muanne, attirèrent les touristes et les amateurs de sport. En moins de deux ans, l'établissement devint à la mode. On y bâtit un casino en forme de temple grec, où on installa des *petits chevaux;* on construisit des chalets au bord de la rivière, et bientôt la population de Chaudefontaine fut doublée. Les gens de Hâcourt eux-mêmes, malgré leurs préventions, désertèrent le plateau pour y venir chercher fortune, et Doudou Chaloppin fut l'un des premiers arrivants. De charroyeur, il s'était fait loueur de chevaux et de voitures à Chaudefontaine, où il exploitait avantageusement les touristes pendant la saison.

Une après-midi, après avoir conduit des voyageurs à la station voisine, il avait fait halte dans une auberge où se réunissaient les gens de service du Casino; il était en train de vider une chope, quand un homme de Hâcourt, qui était devenu garçon de bains, l'interpella en plein cabaret :

— Dites donc, père Doudou, y a-t-il longtemps que vous n'avez eu des nouvelles de votre fille?

— Césarin, répliqua dignement Doudou en déposant sa chope, vous êtes un maladroit! Vous devriez savoir que cette malheureuse ne m'est plus rien et que je ne veux pas qu'on me parle d'elle.

— Vous lui en voulez donc toujours!

— Si je lui en veux?... s'écriait-il en s'échauffant, après les maux qu'elle nous a faits et le mauvais renom qu'elle a jeté sur nous?... Ah! la gueuse!... que je ne la rencontre jamais!... car, aussi vrai que voilà un verre, je l'étranglerais de mes propres mains!

— Eh bien! reprit l'autre en ricanant, vous pouvez vous donner cette satisfaction-là à votre loisir, car elle est ici.

— Ici?... qui ça... Méline?

— Méline en personne... Je l'ai vue aujourd'hui au Casino. Elle est bien nippée, je ne vous dis que ça!... Il paraîtrait qu'elle vit avec un prince russe... Ils ont loué le chalet de Beauregard et elle se fait appeler la comtesse de la Roche...

— Comtesse? jura Doudou estomaqué, je

t'en ficherai, moi, des comtesses!... Ah! la gueuse, est-il possible qu'elle ait le front de venir étaler son déshonneur dans son propre pays!... Attendez, je vas lui régler son compte et ça ne sera pas long!...

Après avoir remisé son cheval et avalé un petit verre de marc pour se donner du courage, Doudou courut tout fumant vers le chalet Beauregard. Mais à mesure qu'il s'en approchait, sa colère s'évaporait pour faire place à des réflexions plus prudentes. — Comment Méline allait-elle le recevoir? Elle ne l'avait jamais beaucoup respecté, et maintenant qu'elle était riche, elle l'enverrait promener, pour sûr. Qui sait? Peut-être était-elle à la veille de se faire épouser par son Russe? C'était une fine mouche. Et dans ce cas, peut-être y aurait-il moyen d'arranger les choses en douceur!...

Il se raffermit en arrivant devant le chalet et demanda la comtesse de la Roche à un grand diable de valet qui flânait sur l'escalier :

— Dites-lui que je viens de la part de Doudou Chaloppin, murmura-t-il au larbin récalcitrant, et je vous promets qu'elle me laissera entrer!

En effet, au bout de deux minutes, on l'introduisit dans un petit fumoir tendu de nattes et garni de divans. — Doudou ébaubi regardait le lustre de cuivre, les tapis, les portières, les potiches pleines de fleurs, et, sa grande colère tombant à mesure : — Faut tout de même, pensait-il, que le métier qu'elle fait lui ait crânement réussi, pour qu'elle soit aussi cossue que cela! — Et cette réflexion lui imposait une certaine crainte doublée d'une vague convoitise. Ce fut bien pis quand il vit entrer Méline en peignoir de peluche bleue, — superbe, éblouissante de blancheur, avec des diamants aux oreilles, aux mains, jusque dans les cheveux. Elle parut assez ennuyée de le trouver là planté au milieu du fumoir, et elle fronça les sourcils :

— Hein? c'est vous? dit-elle du bout des lèvres, est-ce que vous habiteriez Chaudefontaine, par hasard?

— Oui, répliqua-t-il vexé de cet accueil et jugeant à propos de se ressouvenir de son rôle de père indigné, j'y demeure, et ça m'a donné un coup d'apprendre que tu y étais venue, après ta honteuse conduite d'il y a cinq ans!...

— Ah! mais, dites donc, interrompit-elle

impatientée, pas de scène, n'est-ce pas?... Si vous n'êtes pas content, prenez la porte!

— Malheureuse!... peux-tu parler ainsi à ton père!... Il faut que tu n'aies pas de cœur, pour oser te remontrer dans le pays!

— Si ça vous gène, vous n'avez qu'à retourner à Hâcourt.

— Seigneur, se lamenta Doudou de son ton geignard, faut-il être au monde pour s'entendre traiter *ain-là* par sa propre fille!... Et avec quoi y retournerais-je, à Hâcourt? Nous nous sommes saignés aux quatre veines, moi, et ta pauvre mère, pour nous établir ici!... Ah! misère de misère!...

Tandis qu'il geignait, la belle Méline réfléchissait que ce serait bien gênant pour elle et le prince, d'être exposés à rencontrer à toute heure les membres de sa famille, et brusquement, regardant son père en face :

— Combien vous faudrait-il pour plier bagage et rentrer à Hâcourt?

— Combien... d'argent? balbutia Doudou, avec un chatouillement au cœur, est-ce que, par hasard, tu voudrais nous faire partir d'ici... en nous indemnisant, s'entend?

— Oui, combien? répéta-t-elle durement.

— Dame, il nous faudrait au moins... deux mille écus... et encore nous y mettrions de notre poche...

Elle disparut dans une pièce contiguë et rentra au bout de quelques minutes :

— Voici trois mille francs, reprit-elle en tirant trois billets de banque d'un porte-monnaie où, en fille prévoyante, elle en avait préalablement mis quatre... Quand vous serez à Hâcourt, je vous ferai compter le reste... Pas avant!

Doudou avait pris les trois billets et les pliait, rêveur, tout en regrettant de n'en avoir pas demandé davantage. Néanmoins, il était maté :

— Suffit, murmura-t-il, je vois que tu n'es pas une mauvaise fille... On s'en ira!... Seulement, maintenant que nous avons fait la paix, je voudrais te demander une chose... Ta pauvre bonne femme de mère ne passe pas un jour sans pleurer toutes les larmes de son corps en pensant à toi... Si tu étais gentille, tu ne nous laisserais pas partir sans l'embrasser.

Méline se sentit brusquement attendrie. — Soit! dit-elle, menez-moi jusqu'à votre porte...

Elle s'enveloppa d'un manteau et le suivit dehors...

Le crépuscule tombait quand ils atteignirent le logement du père Chaloppin. Arrivée près de la porte, Méline s'arrêta.

— Priez-la de venir ici, demanda-t-elle, je ne me soucie pas de voir les autres...

Doudou entra. Au bout d'une minute, la grande *Pousse-Nuée* se précipitait au cou de Méline et l'étouffait de baisers :

— C'est donc toi, sanglotait-elle, ma pauvre *gachette*. ma mignonne!... Va, on t'aime toujours, malgré tout !

Méline, très remuée, lui rendait ses caresses... Tout à coup elle songea au prince, qui devait s'impatienter, et s'arrachant des bras de la vieille paysanne :

— Il est tard, balbutia-t-elle, et il faut que je rentre... Adieu, maman!

Tandis qu'elle s'éloignait précipitamment, *Pousse-Nuée* s'était affaissée sur une borne renversée et pleurait tout bas. — Doudou courut vers sa fille :

— Tu vois comme elle t'aime, dit-il en lar-

moyant à son tour... Elle s'en rend malade!...
Tu es une bonne fille et tu ajouteras bien un
billet de mille pour la petite bourse de la pauvre
femme... Hein! Méline, tu feras ça pour elle?...

Elle fouilla dans sa poche, prit son porte-monnaie, lui mit dans la main le billet qui restait,
puis elle se sauva.

La Saint-Jean d'été

LA SAINT-JEAN D'ÉTÉ

Voici la Saint-Jean et la Saint-Pierre,
Voici la Saint-Jean d'été....

E vieux refrain d'une chanson paysanne et la vue des lis tout prêts à fleurir dans le jardin, me rappellent que la Saint-Jean est proche et que, dans nos villages lorrains, il était d'usage de la célébrer en allumant de grands feux sur les hauteurs. Je crois que maintenant cette coutume est un peu tombée en désuétude ; mais, dans mon enfance et même au temps de ma première jeunesse, on l'observait religieusement à R... et on y mettait d'autant plus de zèle que mon grand-oncle était maire de

la commune et s'appelait Jean. — Dès le fin
matin, j'étais réveillé par les coups de fusil que
les garçons venaient tirer près du mur de notre
verger. Je m'habillais en hâte et je descendais
au jardin.

En cette plantureuse saison, c'était tout un
rustique poème que le jardin de ma grand'tante !
Il me faisait penser à ce clos « fermé de plant
vif » décrit par La Fontaine dans la fable du
Jardinier et son Seigneur. Les carrés de pois ramés
et d'artichauts étaient encadrés dans des plates-
bandes où poussaient toutes les fleurs vivaces de
nos pays : — les campanules bleues à côté des
bâtons de Jacob, les *croix de Jérusalem* rouges en
compagnie des *bouquets tout faits*, des *compagnons*
et des juliennes blanches. Aux angles, de grands
lis étalaient leurs odorants calices tout barbouillés
de la poussière jaune de leurs étamines. Le tout
était bordé de petits œillets blancs et roses, des
mignotises, qui répandaient au loin leur parfum
de girofle. Au long des murs, grimpaient des
chèvrefeuilles mêlés à la vigne déjà fleurie, et çà
et là des framboisiers, des groseillers à maque-
reaux, des touffes de noisetiers, étendaient leur
verdure touffue à travers les plantes épanouies et

jusqu'au-dessus des carrés de choux, de laitues et de ciboulettes. Un royal soleil de juin promenait sa chaude lumière sur le désordre de cette abondante végétation, et de tous côtés on entendait un bourdonnement d'abeilles dorées, on voyait une tourbillonnante envolée de petits papillons bleus...

La senteur des roses paysannes et des lis est pour moi irrésistiblement mêlée au souvenir de cette fête de la Saint-Jean. A la maison, on se préparait dès l'aube à la solennité du soir. Dans la matinée, les garçons avaient apporté au maire un tonnelet de vin vieux, chamarré de rubans et enguirlandé de roses, et mon grand-oncle les avait invités à venir en goûter le soir, après l'allumage des feux. Ma grand'tante s'était parée de ses habits du dimanche : bonnet à larges tuyaux, robe de mérinos vert et châle blanc à palmes, avec les souliers de prunelle et les bas de soie noire. Mon grand-oncle avait revêtu son pantalon de nankin, son gilet à fleurs et son habit de noce au collet démesurément haut. A sept heures du soir, ils allaient et venaient dans la grande cuisine et prêtaient l'oreille aux moin-

dres bruits de la rue. Tout d'un coup, on entendait au loin les fanfares d'un cornet à pistons, et
on voyait déboucher les garçons portant le dais
de l'église et venant, musique en tête, chercher
« monsieur le maire » et sa femme pour allumer
le feu. Mon grand-oncle coiffait son chapeau
tromblon, qui remontait aux premières années
du règne de Louis-Philippe, et se plaçait gravement sous le dais, ayant à son bras ma grand'-
tante, petite, sèche, nerveuse, avec de luisants
yeux gris et des masses de cheveux blancs qui se
crépelaient sous les tuyaux du bonnet lorrain.
Puis on longeait processionnellement la grand'-
rue, M. le maire, sérieux et recueilli comme s'il
accomplissait un devoir administratif; ma grand'-
tante, fière, souriante et ne perdant pas un pouce
de sa taille. On gagnait ainsi, en gravissant la
côte, le plateau où la route de Heippes croise le
chemin d'Issoncourt; il y avait là une sorte de
friche nue où on avait entassé les bourrées destinées au feu de joie, et ma grand'tante allumait
elle-même les sarments secs avec une torche de
paille.

Ce feu de la Saint-Jean, comme il flambait

clair dans la nuit croissante ! Sa flamme légère
montait vivement vers le ciel plein d'étoiles et
promenait sur les champs assombris les silhouettes
agrandies des assistants. Tout d'un coup, en
nous retournant, nous apercevions, dans toute la
perspective de la vallée qui allait en s'évasant
jusqu'à la Meuse, une dizaine de feux semblables,
illuminant de leur lueur rouge et dansante toutes
les hauteurs environnantes. Il y avait le feu de
Heippes, et celui de Récourt, et tout au loin,
presque confondus, les feux de Villers, de Tilly
et de Troyon. Le bord du ciel en était tout
empourpré, et à cette clarté de fournaise on
voyait, se silhouettant en noir foncé, des contours de collines, des cimes d'arbres et des clo-
chers de village. Cette rougeur d'incendie allait
se refléter jusque dans le ruisseau, dont le courant tremblotait vermeil dans la noire épaisseur
des prairies. — A ce spectacle grandiose, toute
la population du village s'était mise à pousser des
cris enthousiastes, et chacun étendant les mains
vers celles de son voisin, filles, garçons, enfants,
hommes, femmes et jusqu'aux gens d'âge, commençaient autour du feu une immense ronde,
en chantant à l'unisson de vieux airs populaires.

La grand'tante et le grand-oncle lui-même n'étaient pas les moins ingambes. Le cercle s'élargissait toujours ; dans le silence de la nuit, des voix retentissantes montaient jusqu'aux étoiles, et la lueur du brasier promenait des ombres tournoyantes sur les champs de blé, sur les vignes et jusque sur les lisières immobiles de la forêt du Chânois.

Quand, avec des gerbes d'étincelles, le bûcher consumé s'effondrait au ras de terre ; quand les dernières flammèches bleuâtres oscillaient sur les cendres, on reprenait, toujours processionnellement, le chemin du village, et le dais reconduisait le maire et sa femme à leur domicile. Là on faisait halte, et les garçons ainsi que les notables étaient invités à venir goûter le vin du tonnelet de la fête. Tout ce monde entrait dans la vaste cuisine éclairée par de tremblantes chandelles, et le cornet à pistons, perché à chevauchons sur la croisée du jardin, se remettait à souffler des airs de contredanse dans son instrument. Alors ma grand'tante, émoustillée par la musique et aussi par un verre de vin clairet, enlevait prestement ses souliers de prunelle pour être plus à l'aise et, faisant vis-à-vis à mon grand-oncle, montrait à la jeunesse comme on dansait dans son jeune temps. Il fallait voir ce vieux couple, dont le moins âgé avait passé la soixantaine, se trémousser sur le pavé de brique, esquisser avec précision des jetés-battus, des assemblés, des entrechats, et pirouetter en cadence, l'un en face de l'autre, avec des grâces vieillottes du siècle dernier. Ma grand'tante surtout était légère comme une plume; ramassant du bout des doigts les plis de sa jupe, elle sautait à un pouce de terre et retombait en mesure, tandis que le grand-oncle voltigeait sur la pointe des pieds. A la fin, il la prenait par la taille et lui appliquait sur les joues deux baisers sonores, à la grande joie des assistants, qui battaient des mains.

Hélas! les cendres des derniers feux de joie se sont depuis longtemps envolées au vent; la grand'tante et le grand-oncle se sont éteints eux aussi et ont mêlé leurs cendres à la terre du village. Les modes du temps passé se sont évanouies à leur tour. Les grands arbres du cimetière, qui semblent avoir pris un peu de la sève et de la vitalité de mes grands-parents, doivent être bien étonnés quand, maintenant, pendant les tièdes nuits de la Saint-Jean, ils ne voient plus s'allumer de feux sur les hauteurs; quand ils n'entendent plus le cornet à pistons du grand Jacquin ni les vieux airs de ronde d'autrefois. — Ils doivent se dire, en entre-choquant leurs branches, que le monde d'à présent ne sait plus s'amuser et que la gaieté de la terre s'en est allée.

La Bretonne

LA BRETONNE

UN soir de novembre, veille de Sainte-
Catherine, la grille de la maison centrale d'Auberive tourna sur ses gonds
et laissa passer une femme d'une trentaine d'années, vêtue d'une robe de laine déteinte, coiffée
d'un bonnet de linge qui encadrait d'une façon
étrange son visage pâle et bouffi de cette graisse
blafarde que développe le régime des prisons.
C'était une détenue qu'on venait de libérer. Ses
compagnes de détention l'appelaient « la Bretonne. » Condamnée pour infanticide, il y avait
juste six ans qu'une voiture cellulaire l'avait

amenée à la Centrale. Après avoir repris ses hardes et touché au greffe son pécule, elle se retrouvait enfin libre, avec sa feuille de route visée pour Langres.

Le courrier de Langres était parti. Intimidée, gauche, elle se dirigea en trébuchant vers la principale auberge du pays, et, d'une voix mal assurée, y demanda un gîte pour la nuit. L'auberge était pleine, et l'aubergiste, qui se souciait peu d'héberger « de ces oiseaux-là, » lui conseilla de pousser jusqu'au cabaret situé à l'autre bout du village.

La Bretonne s'en alla, plus gauche et plus effarée encore, frapper à la porte de ce cabaret, qui n'était à proprement parler qu'une cantine pour les terrassiers. La cabaretière la toisa d'un œil méfiant, flairant sans doute une femme de la Centrale, et finalement la renvoya, en prétendant qu'elle ne donnait pas à coucher. La Bretonne n'osa pas insister; elle s'éloigna la tête basse, tandis qu'au fond d'elle-même s'élevait une haine sourde contre ce monde qui la repoussait. Elle n'avait plus d'autre ressource que de gagner Langres à pied. Fin novembre, la nuit vient vite; elle se trouva bientôt enveloppée d'ombre, sur la route grise qui fuyait entre deux lisières du bois, et où le vent du nord soufflait rudement en éparpillant des paquets de feuilles mortes.

Après six ans de vie sédentaire et recluse, elle ne savait plus marcher; les articulations de ses genoux étaient comme nouées; ses pieds accoutumés aux sabots étaient gênés dans des souliers neufs. Au bout d'une lieue, elle eut des ampoules et se sentit déjà lasse. Elle s'assit sur un mètre de pierres, — frissonnant et se demandant si elle allait être obligée de crever de froid et de faim, par cette nuit noire, sous cette bise glacée qui la morfondait. — Tout à coup, dans la solitude de la route, à travers les rafales du vent, il lui sembla entendre les sons traînants d'une voix qui chantait. Elle prêta l'oreille et distingua la cadence d'une de ces chansons caressantes et monotones avec lesquelles on berce les enfants. Alors, se remettant sur pied, elle marcha dans la direction de cette voix, et, au détour d'un chemin transversal, elle aperçut une lueur qui rougeoyait parmi les branches.

Cinq minutes après, elle atteignait une masure de torchis, dont le toit couvert de mottes

de terre était appuyé à la roche, et dont l'unique
fenêtre laissait passer un rayon lumineux. Le
cœur anxieux, elle se décida à heurter. La chanson s'arrêta et une paysanne vint ouvrir; — une
femme du même âge que la Bretonne, mais déjà
vannée et vieillie par le travail. Son casaquin,
crevé par endroits, montrait la peau terreuse et
hâlée; ses cheveux roux s'échappaient en désordre de dessous un petit bonnet d'étoffe; ses yeux
gris regardaient avec ébahissement l'étrangère,
dont la figure avait quelque chose d'insolite.

— Bonsoir donc, dit-elle en soulevant la
lampe à bec qu'elle tenait à la main, que désirez-
vous?

— Je n'en puis plus, murmura la Bretonne
d'une voix où sourdait un sanglot, la ville est
loin, et si vous vouliez me loger pour cette nuit,
vous me rendriez service... J'ai de l'argent et je
vous paierai de votre peine.

— Entrez! répondit l'autre après un moment
d'hésitation, puis elle continua d'un ton plus
curieux que méfiant : — Pourquoi n'avez-vous
pas couché à Auberive?

— On n'a pas voulu me loger.... Et baissant
ses yeux bleus, la Bretonne, prise d'un scrupule,

ajouta : — Parce que, voyez-vous, je sors de la maison centrale, et ça ne donne pas confiance aux gens.

— Ah !... Entrez tout de même... Je ne crains rien, moi, n'ayant jamais eu que de la misère... Il y a conscience de laisser une chrétienne à la porte par un froid pareil... Je vas vous faire un lit avec une jonchée de bruyères...

Elle alla prendre sous un hangar des brassées de bruyères sèches et les étendit dans un coin, près de la cheminée.

— Vous demeurez seule ici? demanda timidement la Bretonne.

— Oui, avec ma *gachette*, qui court sur ses sept ans... Je gagne notre vie en travaillant au bois.

— Votre homme est mort?...

— Je n'en ai jamais eu, dit la Fleuriotte brusquement, la pauvre *gachette* n'a pas de père... Enfin, à chacun ses maux... Voilà votre lit fait et voici deux ou trois pommes de terre qui restent du souper... C'est tout ce que je puis vous offrir.

Elle fut interrompue par une voix enfantine partant d'un bouge noir, séparé de la pièce par une cloison de planches.

— Bonne nuit! reprit-elle, je vas retrouver la petite qui s'épeure... Tâchez de bien dormir!

Elle prit la lampe et gagna le cabinet contigu, en laissant la Bretonne dans l'obscurité.

Celle-ci s'était étendue sur les bruyères. Après avoir mangé, elle essayait de fermer les yeux, mais le sommeil ne venait pas. A travers la cloison, elle entendait la Fleuriotte causant à mi-voix avec sa petite, que l'arrivée de l'étrangère avait réveillée et qui ne voulait plus se rendormir. La Fleuriotte la dodelinait, elle l'embrassait avec des paroles caressantes, dont la naïve expression remuait singulièrement la Bretonne.

Cette explosion de tendresse réveillait un confus instinct maternel enfoui dans le sein de cette fille condamnée jadis pour avoir étouffé son nouveau-né. La Bretonne songeait que « si les choses n'avaient pas mal tourné, » son petit, à elle, aurait eu l'âge de cette fillette. A cette pensée et aux sons de cette voix enfantine, elle frissonnait jusque dans les entrailles; quelque chose de doux se fondait dans son cœur aigri, et elle avait grandement envie de pleurer.

— Allons, ma *gachette*, disait la Fleuriotte, dépêchez-vous de dormir. Si vous êtes sage, je vous conduirai demain à la foire de la Sainte-Catherine.

— La Sainte-Catherine, c'est la fête des petites filles, n'est-ce pas, maman?

— Oui, ma mie...

— Est-ce vrai, que ce jour-là sainte Catherine apporte des joujoux aux enfants?

— Oui... quelquefois.

— Pourquoi est-ce qu'elle n'en apporte jamais chez nous?

— Nous demeurons trop loin... Et puis, nous sommes trop pauvres.

Elle n'en porte qu'aux riches, alors!... Pourquoi?... Moi aussi, j'aimerais à avoir des joujoux.

— Eh bien! un jour... si vous êtes gentille... si vous vous endormez sagement, elle vous en donnera peut-être.

— Alors, je vais dormir... pour qu'elle m'en apporte demain.

Un silence. Puis, un souffle égal et léger, L'enfant s'était assoupie, la mère aussi. La Bretonne seule ne dormait pas. Une émotion poignante et tendre à la fois lui serrait le cœur, et elle pensait plus fort que jamais à ce petit qu'elle

avait jadis étranglé... Cela dura jusqu'aux premières lueurs de l'aube... Au petit jour, la Fleuriotte et son enfant dormaient serré. La Bretonne
se glissa furtivement dehors, et, marchant en
hâte dans la direction d'Auberive, ne s'arrêta
qu'aux premières maisons. Là, elle remonta lentement l'unique rue, regardant les enseignes des
boutiques. A la fin, l'une d'elles parut fixer son
attention. Elle frappa aux volets et se fit ouvrir.
C'était une boutique de mercerie, contenant
aussi des jouets d'enfant, de pauvres jouets dé-
fraîchis : poupées de carton, arches de Noé,
bergeries. — Au grand ébahissement de la
marchande, la Bretonne acheta tout, paya et
sortit.

Elle reprenait le chemin du logis de la Fleuriotte, quand une main s'abattit sur son épaule.
Elle se retourna et tressaillit en se trouvant en
face d'un brigadier de gendarmerie. La malheureuse avait oublié qu'il était défendu aux détenues
libérées de séjourner aux abords de la maison
centrale !...

— Au lieu de vagabonder ici, vous devriez
déjà être à Langres, dit sévèrement le brigadier.
Allons, en route !...

Elle voulut s'expliquer... Peine perdue !... En un clin d'œil, on réquisitionna une charrette, on l'y fit monter sous l'escorte d'un gendarme, et fouette cocher...

La charrette roulait en cahotant sur la route gelée. La pauvre Bretonne serrait d'un air navré son paquet de joujoux entre ses doigts transis. A un tournant de la route, elle reconnut le sentier fuyant sous bois ; son cœur sauta, et elle supplia le gendarme de s'arrêter : elle avait une commission pour la Fleuriotte, une femme qui demeurait là, à deux pas. — Elle suppliait avec tant d'énergie, que le gendarme, bon homme au fond, se laissa fléchir. On lia le cheval à un arbre, puis on remonta le sentier. — Devant la porte, la Fleuriotte fendait du menu bois. En revoyant sa visiteuse en compagnie d'un gendarme, elle resta bouche bée et les bras ballants.

— Chut ! fit la Bretonne, la petite dort-elle encore ?

— Oui... mais...

— Portez ces joujoux doucement sur son lit, et dites-lui que c'est sainte Catherine qui les lui envoie... J'étais retournée à Auberive pour les quérir, mais il paraît que je n'en avais pas le droit, et on me ramène à Langres...

— Sainte mère de Dieu ! s'écria la Fleuriotte.

— Chut !...

Elles s'approchèrent du lit. Toujours suivie de son escorte, la Bretonne éparpilla sur les couvertures les poupées, l'arche et la bergerie, baisa le bras nu de l'enfant endormie, et se retournant vers le gendarme, qui se frottait les yeux :

— Maintenant, dit-elle, nous pouvons partir.

La Flouve odorante

LA FLOUVE ODORANTE

N prétend que la vertu est toujours récompensée, me dit un soir mon ami Robert Castanier, le plus naïf et le plus épanoui des paysagistes ; — c'est une charge !... Je vais te conter une histoire qui prouve absolument le contraire :

En 18.., j'étais allé passer l'été à Saint-Valery-sur-Somme, en compagnie d'un aquarelliste anglais dont la spécialité est de peindre des arcs-en-ciel trempant dans des grèves mouillées. Je ne sais si cette station balnéaire est devenue florissante, mais en ce temps-là elle était maussade

et assez mal fréquentée. On n'y prenait que des
bains de mer mitigés d'eau de Somme, et tout y
était à l'avenant : demi-toilettes, demi-fortunes,
demi-monde, demi-vertus. A l'heure de la marée, sur la digue où se trouve l'établissement,
les baigneurs se partageaient en deux clans : —
la bourgeoisie du cru, inélégante, ennuyeuse et
collet monté; puis la colonie étrangère, com-
posée en grande partie de faux ménages parisiens; — et naturellement ces deux sociétés passaient leur temps à se regarder de travers ou à se
jeter des mots désagréables à la tête.

Une après-midi, à l'heure du bain, nous vîmes
arriver deux dames très coquettement habillées.
La plus jeune, âgée de dix-huit ans au plus et
fort jolie, paraissait la fille de l'aînée, qui était
petite, brune, grassouillette, avec des traits fanés
et chiffonnés, et qui avait dû avoir jadis la beauté
du diable. La jeune fille était bien faite, très
agréablement formée, brune comme sa mère,
mais avec un teint d'une blancheur éblouissante.
— Tandis que la maman s'asseyait à l'ombre
pour lire un roman, la fille, entrée dans une
cabine, en sortait dix minutes après, vêtue
d'un costume de bain très collant, très écourté,

et coiffée d'un filet de chenille rouge qui empri-
sonnait la masse de ses cheveux noirs. — Décidément, c'était une belle créature, admirablement
campée et modelée. Elle courut vers la plage,
plongea dans l'eau, s'y ébroua, puis brusquement
enleva sa résille qu'elle lança sur le sable. Son
opulente chevelure ruissela tout autour d'elle,
encadrant étrangement son blanc visage où brillaient deux grands yeux vifs et câlins ; — et, ma
foi ! c'était un spectacle fort plaisant...

Le soir, je les retrouvai à table d'hôte. La mère
était veuve d'un gentillâtre des environs qui
l'avait épousée *in extremis* pour régulariser une
liaison déjà ancienne et pour légitimer la petite,
qui se nommait Jacqueline de Vergne. Les dames
de Vergne habitaient hors de la ville, aux Corderies, un pavillon à la lisière des bois. Elles
n'avaient pas de domestiques et mangeaient à
l'hôtel.

A table d'hôte, entre baigneurs, on se lie
vite. J'étais le voisin de Jacqueline et je ne me
privais pas de causer avec elle. Intelligente,
expansive, nullement façonnière, elle avait une
certaine culture ; on pouvait même dire qu'elle

était assez avancée pour son âge. Elle avait dû
être élevée à la diable, dans un milieu demi-ar-
tiste, demi-bohème; mais elle gardait avec cela
des étonnements candides et une inconscience du
mal qui empêchaient de prendre avec elle de trop
grandes libertés. Sa conversation était amusante;
nous effleurions tous les sujets, même les plus
délicats. Elle m'avouait naïvement ses goûts en
littérature, en art et même en cuisine. Un soir,
à propos de ses fleurs de prédilection et de ses
parfums préférés, je lui citai un passage de Balzac
où le héros du *Lys de la vallée* parle d'un parfum
qui s'exhale des prairies en mai et qui commu-
nique à tous les êtres l'ivresse de la fécondation :

« Une petite herbe, la *flouve odorante,* est un
des principes de cette harmonie voilée. Aussi
personne ne peut-il la garder impunément près
de soi... »

— Vraiment, me dit Jacqueline en ouvrant
tout grands ses yeux noirs humides, il y a une
herbe pareille?... Je voudrais la connaître!...

Elle était si attirante avec ses luisantes prunelles, sa peau blanche et ses lèvres rouges, que je
ne pus me tenir de lui répondre qu'auprès d'elle
point n'était besoin de la flouve odorante :

La mère ne gênait nullement nos entretiens; au contraire, elle paraissait charmée de cette intimité. Nous en vînmes à nous lier familièrement. J'accompagnais ces dames à la promenade, nous prenions le thé chez elles, le soir; — et parfois, avec une bande assez mêlée de baigneurs et de baigneuses, nous organisions des pique-niques aux environs.

Si Saint-Valery est une ville maussade, la campagne en revanche y est charmante : très verte, accidentée, ayant déjà cette fraîcheur planturouse et robuste de la nature normande. Partout de beaux groupes d'arbres, des pâtures et des maisons de ferme enserrées dans d'épaisses clôtures d'ormes et de hêtres; des prés bordant des lisières de bois où, par une brusque coulée, on aperçoit tout au loin un coin de mer glauque ou grise et des vols confus de mouettes.

Une après-midi, nous allâmes *luncher* en bande au bois des *Bruyères*. La compagnie était assez panachée : le côté des hommes, où les peintres et les officiers de la garnison prochaine étaient en majorité, avait encore un peu de tenue; mais le côté des dames exhalait une forte odeur de balais rôtis. La présence de Jacqueline, la seule jeune fille de cette société demi-mondaine, ne refrénait ni les langues ni les gestes ; elle n'arrêtait ni les plaisanteries salées ni les privautés gaillardes. Au dessert, on se jetait des fruits à la tête et on buvait dans le verre de sa voisine. Je regardais mademoiselle de Vergne. Elle paraissait agacée et très nerveuse. Elle se leva tout à coup et annonça qu'elle allait se cueillir un bouquet dans les prés. Je quittai ma place à mon tour et j'offris de l'accompagner.

— C'est ça, dit la mère avec empressement. Allez, jeunesse !... Ne vous perdez pas en chemin, surtout !

— Appelez-nous quand vous partirez, recommanda Jacqueline ; nous vous rejoindrons sur la route...

Coiffée d'un chapeau de paille à larges bords, serrée dans un mantelet dont ses bras croisés tendaient l'étoffe soyeuse sur sa taille cambrée, elle descendait avec une lente ondulation de tout le corps un sentier caillouteux. Je la suivais, admirant la grâce voluptueuse de sa démarche. Derrière nous, le jour tombait doucement et une nouvelle lune arrondissait au-dessus des bois son

mince croissant doré. De temps à autre, le vent
nous apportait les rires bruyants des convives du
pique-nique. Jacqueline tourna la tête vers moi,
et à la clarté naissante de la lune je vis ses yeux
noirs scintiller avec un éclat mouillé :

— Leur gaieté passe un peu les bornes, remar-
qua-t-elle ; avouez que tout à l'heure vous avez
été choqué.

— Je l'ai surtout été pour vous, mademoiselle,
en vous voyant mêlée à cette bande de fous.

— Que voulez-vous ? répliqua-t-elle avec amertume, ma mère ne peut se passer de société, et
dans un petit trou comme celui-ci on ne peut pas
choisir son monde !...

Nous étions arrivés à la prairie très verte et
déjà veloutée de l'humide vapeur du soir.

— Voici, reprit Jacqueline en riant, le cas de
nous édifier sur la *flouve odorante*... Trouvez-moi
cette herbe merveilleuse !

Je lui montrai la frêle graminée aux épis
blonds. Je lui appris aussi que d'autres plantes
avaient les mêmes pénétrantes odeurs et je lui
cueillis des reines des prés, des menthes, des
mélilots, toutes ces fleurs qui donnent au foin
coupé son haleine amoureuse. Elle penchait son

blanc visage sur ce champêtre bouquet. A travers les épillets des graminées et les sommités
violettes des menthes, je voyais luire ses yeux
ensorcelants. Nous ne trouvions pas le temps
long, mais les rires plus lointains de nos compagnons et l'approche de la nuit nous rappelèrent
qu'il était sage de revenir sur nos pas.

Quand nous débouchâmes de nouveau sur la
pelouse où nous avions *lunché*, plus personne!
Nos compagnons étaient partis, sans plus s'in-
quiéter de nous. Jacqueline, à la fois humiliée
et dépitée, se mordait les lèvres et restait suffo-
quée. Elle essaya de sourire d'abord pour masquer
son irritation, puis ses yeux se mouillèrent, ses
lèvres se crispèrent, et tout d'un coup son chagrin éclata, violent comme un ruisseau qui rompt
son écluse. J'essayais de la consoler en lui prenant les mains. Dans une crise de désespoir,
elle laissa tomber sa tête sur mon épaule en san-
glotant :

— C'est indigne!... Voilà comme on me
traite!... C'est trop fort, et je suis trop malheureuse!...

Ces larmes, cette jolie tête roulée sur ma poitrine, ces parfums de flouve et de mélilot, mon-

tant du corsage, me grisaient absolument. Je lui
répondais par des phrases incohérentes, tout en
couvrant de baisers ses cheveux et son cou...
Elle se serra tendrement contre moi en criant :

— Je suis lasse de cette vie-là... Je voudrais
m'en aller bien loin... bien loin !

Ces derniers mots me ramenèrent dans le sentier battu de la réalité. — Je ne voulais ni l'é-
pouser ni abuser d'elle; par conséquent mon
premier devoir était de rattraper mon sang-froid.

— Calmez-vous ! dis-je d'un ton paternel;
votre mère a pensé probablement que nous
avions pris les devants... D'ailleurs les Corderies ne sont pas loin, et nous y arriverons dans
une demi-heure...

Je lui offris le bras et l'emmenai rapidement
le long de la route enténébrée. Elle était devenue
taciturne. Un frisson lui secouait les épaules; de
temps à autre, elle levait vers moi un regard
demi-suppliant, demi-provocant, qui avait l'air
de dire : «Emmenez-moi... voulez-vous?...» et
qui me donnait la chair de poule; mais je tenais
bon, et je fus héroïque. Nous continuions à che-
miner silencieusement. C'est ainsi que nous atteignîmes les Corderies, où je remis vertueusement

Jacqueline entre les bras de sa mère, qui me parut plus surprise qu'émue de nous revoir si tôt...

Je quittai Saint-Valery, et des années se passèrent. A l'ouverture du Salon de 187..., le jour du vernissage, comme j'entrais chez Ledoyen à l'heure du déjeuner, je me trouvai soudain en face d'un couple qui cherchait une table, et je reconnus Jacqueline en compagnie d'un monsieur ni beau ni laid, ni commun ni distingué, qui avait tout à fait une tournure de mari.

Je crus qu'elle m'avait parfaitement reconnu aussi, et gaiement, le chapeau soulevé, la main tendue, je m'approchai... Ah! mon cher, si tu avais vu ce regard de glace et cet air d'absolu mépris! Elle me toisa rapidement, et me tourna le dos, me laissant bouche bée, dans une pose ridicule, en présence des camarades qui riaient à se tordre... Et voilà comment j'ai été récompensé de ma vertu!

Une qui a de la Chance

UNE QUI A DE LA CHANCE

ELLE se nommait Agathe et elle était bossue, — un peu contrefaite, disaient les gens qui voulaient passer pour bienveillants. — Orpheline et fille d'un industriel ruiné par la révolution de Février, elle avait été recueillie à douze ans chez un oncle maternel, riche fabricant de faïence, qui possédait une usine à Bourg-la-Reine et qui y vivait confortablement avec ses cinq enfants et sa femme. Il avait été nommé tuteur d'Agathe, et, comme il était très madré, lors de la liquidation des affaires de son beau-frère, il manœuvra si bien qu'il sauva du naufrage une soixantaine de mille francs qu'on plaça solidement au nom de la mineure.

— Elle a de la chance tout de même, disait à qui voulait l'entendre le faïencier avec son gros rire; si son père eût vécu encore deux ou trois ans, il aurait tout mangé et elle se serait trouvée sur le pavé de Paris sans un rouge liard...

Agathe eût préféré avoir moins de chance et garder plus longtemps son père, qu'elle adorait et qui le lui rendait. Les réflexions de l'oncle à ce sujet lui paraissaient cruelles et la révoltaient, mais elle n'osait pas le laisser voir à cette famille qui l'hébergeait et faisait sonner bien haut les services rendus.

N'était-elle pas traitée en enfant de la maison et ne recevait-elle pas la même éducation que ses cousines? A la vérité, on donnait à celles-ci des maîtres de danse et de piano, tandis que l'instruction d'Agathe était réduite au strict nécessaire.

— A quoi bon se ruiner en talents d'agréments? objectait charitablement la tante. Ces choses-là ne servent qu'aux filles à marier, et Agathe ne se mariera jamais...

Comme fiche de consolation, les cousines, qui n'avaient aucune disposition musicale et que le piano assommait, criaient à l'orpheline en rentrant du cours :

— Je te conseille de te plaindre!... On te
dispense des leçons de solfège et d'accompagnement... Tu es une veinarde, toi!...

Agathe secouait mélancoliquement la tête. Au
rebours de ses cousines, elle aimait la musique et
elle eût été heureuse d'occuper ses heures de solitude avec un peu de chant ou de piano. La moindre phrase mélodique la remuait profondément
et lui mouillait les yeux. Elle en était réduite le
plus souvent à se contenter de la musique des
pauvres : — des valses jouées par un orgue de
Barbarie qui passait parfois sur la route, et dont
les accords tremblés lui arrivaient par-dessus les
arbres du jardin. Elle les écoutait avec ravissement. Aux sons rythmés de ces airs populaires,
elle se forgeait d'invraisemblables rêves dont elle
suivait les déroulements et les péripéties, bien
loin, bien loin sur la route, jusqu'au moment où
les dernières modulations de l'orgue s'évanouissaient, assourdies par la distance ou étouffées par
le bruit brutal des lourds chariots de rouliers...

C'est dans cette atmosphère correctement

honnête, mais sèche et froide, que la première
jeunesse d'Agathe s'écoula platement, monoto-
nement, sans autres incidents que ceux d'une
existence bourgeoise assez vulgaire : — les fêtes
de l'oncle et de la tante, les premières commu-
nions des deux plus jeunes cousines, le mariage
de l'aînée avec le fils d'un gros pépiniériste de
Châtenay, puis de loin en loin un dimanche
passé à Paris. A vingt-cinq ans, Agathe était une
fille peu gracieuse d'aspect, aux longs bras maigres, au buste carré, aux épaules remontantes.
Parmi les gens de son entourage elle passait pour
laide ; mais un artiste sachant bien voir eût trouvé
à sa figure un caractère singulièrement expressif
et intéressant. Elle avait des traits délicats, un
teint d'une blancheur rosée avec de tendres teintes
bleuâtres sous les paupières, un sourire attristé
mais charmant, d'abondants cheveux bruns, fins
comme de la soie, et surtout deux yeux azurés
et profonds, ayant la douceur lumineuse et veloutée de certaines gentianes bleues qui ouvrent
leurs fleurs sans tige dans le voisinage des gla-
ciers ; — deux grands yeux méditatifs et humides, qui semblaient toujours chercher à l'horizon quelque chose qui ne venait jamais. — Et

en effet son horizon étroit restait toujours le même; la pauvre fille n'y voyait surgir rien d'inattendu, aucune mystérieuse étoile dont l'influence pût donner un essor nouveau à ses rêves, une lueur soudaine à ses journées décolorées...

Toutes ses cousines s'étaient mariées l'une après l'autre. Elle avait vu, à des intervalles presque réguliers, les futurs gendres arriver dans la maison avec des sourires aimables et des regards discrètement attendris. Elle avait reçu les confidences des fiancées, couru les magasins pour l'achat de leurs robes de noce, assisté à l'étalage de la corbeille, et, le jour du mariage à l'église, entendu trois fois déjà cette marche nuptiale de Mendelssohn, qui, chaque fois, lui serrait le cœur. — Ainsi, peu à peu, la maison s'était vidée. Au dernier départ, Agathe n'y put tenir et, tout en arrangeant les plis du voile blanc de la mariée, elle se mit à sangloter en présence de toutes les cousines ébaubies. — Son chagrin éclatait violemment et bruyamment; c'était comme une grosse pluie qui crève tout d'un coup et menace de tout inonder. Ses parentes en furent positivement choquées.

— Voyons, disait-on pour la consoler, à quoi

bon te mettre dans des états pareils? Tu sais
bien que tu ne peux pas te marier et que tu n'es
pas faite comme les autres...

— Je sais, je sais, murmurait-elle entre deux
sanglots, je sais que je suis condamnée à vivre
seule, mais ça n'en est pas moins dur... Croyez-
vous que je n'aie pas un cœur comme les autres?...

Ah! les filles destinées à vieillir dans le célibat, que de navrantes et silencieuses tragédies se
jouent au fond de leur âme!... D'un côté, le devoir religieux, le respect d'elles-mêmes et des
lois mondaines; de l'autre, l'instinct de la maternité et le besoin d'aimer. Que de révoltes gron-
dantes à apaiser, que de renoncements douloureux
à subir! Comme on doit pardonner à celles qui
s'irritent et s'aigrissent, et comme on doit admirer
celles qui, ayant bu jusqu'à la lie le calice amer,
sont restées bonnes malgré tout!...

A la majorité d'Agathe, l'oncle lui avait rendu
son compte de tutelle, mais, bien qu'elle fût
maintenant en possession de sa petite fortune
(trois mille francs de rente), elle continuait d'ha-
biter la maison du fabricant de faïence.

— D'ailleurs, où irais-tu? avait insinué la
tante, il n'est pas décent qu'une fille de ton âge
vive en son particulier; même avec ton infirmité,
tu ne serais pas à l'abri de la critique : et puis,
qui te soignerait, si tu tombais malade? Ici, du
moins, tu es chaperonnée, choyée et mise dans
du coton. Trouve-moi beaucoup d'orphelines
dans ta position qui aient la même chance que
toi!

Elle payait, il est vrai, cette hospitalité, en
rendant à la famille un tas de petits services
qu'on savait adroitement exiger d'elle. Elle tenait
les livres de dépense, comptait avec la cuisinière,
faisait à Paris les courses de l'oncle et de la tante,
et, en somme, jouait à peu près le rôle d'une
femme de charge doublée d'une dame de compagnie. Lorsqu'il y avait une corvée à exécuter,
c'était toujours à elle qu'on s'adressait :

— Confiez ça à Agathe, disait l'oncle, elle
sera enchantée, elle qui n'a rien à faire!

Si l'une des cousines s'absentait pour aller aux
eaux ou en Suisse, elle se débarrassait de ses
marmots au profit d'Agathe.

— Ah! ma chère, s'écriait-elle en adressant
ses dernières recommandations à l'orpheline, tu

es bien heureuse de n'avoir pas d'enfants!...
Si tu savais quel ennui on a avec toute cette
marmaille!...

Et ainsi les années passaient, rapides encore
que pesantes, et l'oncle continuait à vanter le
bonheur dont sa nièce jouissait grâce à lui.

— Elle mène une existence de coq en pâte,
contait-il aux amis de la maison, tout le monde
est aux petits soins pour elle et on la comble de
cadeaux!

En effet, on avait pour principe, dans cette
maison, de célébrer pompeusement les fêtes et
les anniversaires, avec accompagnement de bouquets et de menus présents, — et Agathe, faisant
officiellement partie de la famille, n'était pas
oubliée. Même l'oncle se creusait longtemps la
tête, aux approches du 1er janvier ou de la fête
de sa nièce, pour savoir « ce qu'on pourrait bien
donner à Agathe. » Et il arrivait que cet homme
pratique découvrait toujours quelque cadeau à
deux fins, pouvant être à la fois utile à la communauté, tout en gardant les apparences d'un
présent offert à la bossue. — Tantôt c'était un
meuble choisi de telle sorte qu'il ne pût se caser
dans la petite chambre d'Agathe; on finissait

par le descendre au salon où, justement et comme par un heureux hasard, se trouvait pour lui une place à souhait, et il y restait. — Une autre fois, c'était une cafetière en argent dont on faisait au jour de l'an la surprise à Agathe, qui ne savait comment remercier et s'épuisait en effusions reconnaissantes. Seulement, deux ou trois semaines après, au moment de prendre le café, l'oncle s'écriait, comme inspiré :

— Tiens, si on étrennait la cafetière d'Agathe!

La pauvre fille, tout heureuse, courait chercher sa cafetière soigneusement enveloppée dans de la ouate et l'apportait en triomphe. Chacun s'extasiait sur le fini du travail, sur le bon goût du donateur, et Agathe, en écoutant ces exclamations admiratrices, sentait de nouveau lui monter aux yeux des larmes de gratitude... Mais le soir, on oubliait de lui rendre cette précieuse pièce d'orfèvrerie qui se trouvait, par mégarde, enfermée avec l'argenterie de la famille. Des semaines se passaient, on ne parlait plus de rien; puis un matin, en entrant dans la salle à manger, la nièce apercevait la cafetière d'argent s'étalant en belle place dans la vitrine du buffet.

Alors, stupéfaite, elle protestait timidement :

— Mais c'est *ma* cafetière !

— Sans doute, sans doute, répondait l'oncle ; elle est toujours à toi, Agathe, seulement tu nous la prêtes... Tu ne prends pas ton café là-haut, n'est-ce pas ?... Alors ne vaut-il pas mieux que ta cafetière soit dans la vitrine qu'au fond de ton placard ?... Au moins, ici, tu peux la voir !...

Agathe en convenait avec un soupir, et tout était dit. On continuait de la « combler de cadeaux » qui prenaient tous insensiblement le même chemin que la cafetière, et l'oncle continuait de proclamer qu'on ne rencontre pas souvent une famille pareille, et que sa nièce devait se trouver rudement heureuse !...

Heureuse !... Agathe crut pourtant l'être un jour pour de vrai. — Elle avait alors passé sa trentième année et commençait à ne plus faire figurer dans ses rêves cette chimérique aubaine de bonheur qu'elle avait longtemps attendue comme une compensation. Elle se résignait, et découvrant déjà quelques fils blancs dans ses cheveux bruns, elle s'efforçait de s'accoutumer chrétiennement à la solitude. Or, à cette même époque, l'oncle avait pour caissier un célibataire

frisant la quarantaine, nommé M. Godard. Ce
Godard était un assez beau garçon, correct de
tenue, toujours très soigné dans sa mise, et
montrant beaucoup d'égards pour Agathe, dont
il était chargé de toucher les coupons de rente.
Il était affligé d'un commencement de calvitie,
mais en revanche il avait une opulente barbe
blonde en éventail, des dents blanches et de
beaux yeux très caressants, couleur noisette...
Agathe avait déjà remarqué que les regards du
caissier se tournaient vers elle avec une expression très affectueuse. M. Godard semblait recher-
cher toutes les occasions de lier conversation
avec elle. Quand il lui parlait, sa voix avait des
inflexions tendres qui chatouillaient doucement
le cœur d'Agathe et lui faisaient peu à peu
reprendre le fil des rêves d'autrefois. On a beau
être mûre et contrefaite, on est toujours femme
sur ce point-là, et l'orpheline commençait à se
préoccuper de Godard plus que de raison,
quand tout à coup il se déclara ouvertement et
lui demanda si elle consentirait à devenir sa
femme.

Elle en fut d'abord tellement saisie qu'elle ne
pût trouver une réponse. Puis elle souleva timi-

dement des objections : — elle ne songeait plus au mariage; elle ne voulait pas se marier par convenance et, ne se faisant aucune illusion sur sa chétive personne, elle ne se croyait pas capable d'inspirer un sentiment assez sérieux pour être aimée; dans ces conditions, elle préférait rester fille. — Godard protesta de toutes ses forces; il parla éloquemment des qualités morales qui valent bien les avantages physiques; il fit délicatement allusion au charme des yeux d'Agathe; il tourna de belles phrases sur l'union des âmes : bref, il endoctrina si bien cette fille très naïve malgré la trentaine, qu'elle fut persuadée de sa sincérité et qu'elle l'autorisa à parler de ses intentions à l'oncle et à la tante. — Le faïencier commença par hausser les épaules et par jurer que sa nièce était folle. Puis, comme Agathe persistait et s'entêtait dans ses idées matrimoniales, et comme il était avant tout foncièrement égoïste, il finit par déclarer qu'elle était assez grande pour savoir se conduire, qu'il s'en lavait les mains et qu'elle agirait comme elle l'entendrait.

Le mariage fut convenu; on l'avait déjà annoncé aux amis intimes; la date était à peu près fixée et le fiancé faisait sa cour assidûment. Agathe s'occupait avec une activité fébrile de son trousseau et de ses toilettes. Elle se sentait plus légère de moitié, nageait dans une félicité qui la rendait presque jolie, et avait des élans de tendresse exquise pour cet homme qui voulait bien l'associer à sa vie et à ses projets d'avenir. Elle recevait les compliments un peu ironiques de ses cousines avec une candeur bonne enfant et une joie rougissante qui eussent touché des âmes moins étroites. On s'inquiétait déjà de rassembler les papiers nécessaires aux publications, quand un matin l'oncle entra tout ému dans la salle à manger :

— Eh bien! ma fille, dit-il à Agathe, tu l'as échappé belle!... C'est un joli monsieur que ton prétendu !

— Qu'y a-t-il donc? murmura Agathe, devenue très pâle.

— Il y a que Godard puisait dans ma caisse pour jouer au baccarat... J'avais déjà remarqué des irrégularités dans ses comptes et je le surveillais depuis quelques jours... Il s'en est douté probablement, et hier soir il est parti par l'express du Havre, en m'emportant cinq mille

francs... Je ne les regrette pas trop, parce que
cela t'empêche de faire une folie, mais j'ai mis
tout de même la gendarmerie aux trousses du
voleur... Tu te serais trouvée dans de beaux
draps, si on n'avait découvert le pot aux roses
qu'après ton mariage... Il faut convenir que tu
as une rude chance... hein? avoue-le !...

Elle n'avouait rien, étant tombée raide au bas
de sa chaise. Quand on l'eut mise au lit et qu'elle
revint de son évanouissement, le délire la prit.
Le médecin, appelé en hâte, déclara qu'elle avait
un transport au cerveau et que le cas était grave.
— Très grave, en effet, car la fièvre ne la quitta
plus, et après huit jours d'atroces douleurs céré-
brales, elle mourut d'une méningite.

On l'enterra par une claire matinée d'automne.
— Un convoi tout blanc, avec des roses et des
violettes blanches sur le drap du cercueil. Dans
l'air, des fils de la Vierge déroulaient mollement
leurs écheveaux argentés. L'oncle conduisait le
deuil avec une figure de circonstance, convena-
blement contrite et méditative :

— Elle ne s'est pas vue mourir, murmurait-il
à l'ami qui lui donnait le bras, elle est partie

sans avoir repris connaissance, et ç'a été un bonheur pour elle... Enfin, voilà la vie !... Les uns
meurent, les autres restent, et ça n'empêche pas
le soleil de briller... Quelle riche journée,
hein !... un temps d'or pour les vignes ! La
pauvre fille pourra se vanter là-haut d'avoir été
posée en terre par un beau soleil... Elle aura eu
de la chance jusqu'au bout.

En Famille

EN FAMILLE

(FRAGMENT DU JOURNAL D'UN EMPLOYÉ)

QUELLE guigne!... On ne nous a pas donné de *gratifications* en fin d'année! Je les avais pourtant déjà portées en ligne de compte, et, d'avance, mentalement, je déterminais l'emploi des 400 francs de *grates* qu'on nous octroie d'ordinaire : d'abord 150 francs à valoir sur la note de mon tailleur qui s'impatiente; puis 200 francs à ma femme pour acheter un porte-bonheur dont elle a envie; enfin 50 francs à la nourrice, pour stimuler le zèle de cette campagnarde rapace. — Croyant tenir chat en poche, j'avais même eu la naïveté d'an-

noncer prématurément cette bonne nouvelle dans
mon ménage. Le 31 décembre arrive, et pas de
gratification ! Et pourtant il y avait de l'argent,
le crédit n'avait pas été dépensé, je le sais per-
tinemment; mais mon directeur général, un
égoïste et un ambitieux, a préféré verser les
fonds au Trésor, afin de faire sa cour au ministre,
qui veut des économies. Si mes souvenirs clas-
siques ne me trompent pas, il y a un vers latin
qui dit que « les sujets pâtissent des folies de
leurs rois. » J'en fais la triste expérience. C'est
mon budget qui pâtit des expédients imaginés
pour équilibrer celui de l'État. Mes recettes
diminuent, mes dépenses augmentent, et je
m'enfonce... je m'enfonce !... Encore si j'avais la
paix dans mon ménage !... Mais non : les tem-
pêtes y deviennent chroniques. Il n'y a presque
plus d'embellies.

Quand j'ai dû annoncer à ma femme que la
pingrerie ministérielle m'obligeait à ajourner la
réalisation de mes promesses, j'ai été accueilli
par un haussement d'épaules et un ironique regard tombant de ses yeux gris; ce méprisant
regard, souligné par un sourire plus méprisant
encore, semblait dire : « Je le prévoyais; rien

ne m'étonne plus d'un mari tel que vous!» Oh! ce silence menaçant! J'aurais mieux aimé une scène, d'autant que je ne perdais rien pour attendre. Quant à la nourrice, loin d'imiter le silence de sa maîtresse, elle s'est répandue en lamentations hypocrites. Elle a plaint madame, elle s'est plainte elle-même, et, comme je lui adressais des observations modérées, elle est devenue grossière. De sorte que j'ai cru de ma dignité de monter sur mes grands chevaux. Je lui ai réglé son compte et je l'ai congédiée séance tenante.

Ma femme ne desserrait pas les dents. Elle continuait à hausser les épaules et avait l'air de jouir des insolences dont me gratifiait cette fille des champs. A la fin, elle lui a chuchoté quelques mots où j'ai cru démêler qu'elle lui ordonnait de se rendre chez ma belle-mère avec le petit. En effet, après avoir expectoré une dernière grossièreté à mon adresse, la nounou est partie avec son nourrisson. Léocadie et moi, nous sommes restés en tête-à-tête, et j'ai essayé de lui parler le langage de la raison. C'est alors que l'orage a éclaté. Elle m'a traité d'homme sans foi, sans énergie et sans entrailles. Elle m'a

reproché de lui refuser le nécessaire... Le nécessaire!... Un porte-bonheur avec un trèfle à
quatre feuilles en pendeloque! Elle a ajouté que,
puisque je condamnais son enfant à mourir d'ina-
nition, elle allait se retirer avec lui chez sa mère !

Là-dessus, sans écouter mes observations aussi
légitimes que mesurées, elle s'est enveloppée
dans sa rotonde, a noué rageusement les brides
de son chapeau, et elle est partie en claquant les
portes.

Cela se passait à dix heures du soir. Bien que
ne me sentant pas dans mon tort, j'ai éprouvé
une certaine inquiétude et, m'élançant sur ses
traces, je me suis jeté dans un fiacre auquel j'ai
donné l'adresse de ma belle-mère. — Tout en
roulant, je maudissais la malencontreuse idée
que j'avais eue de me marier. A mesure que je
me plongeais dans mes souvenirs, le temps de
mon célibat m'apparaissait comme un âge d'or.—
Je me levais alors à la pointe de neuf heures, je
prenais mon chocolat avec pain et beurre, je me
rendais à mon bureau où je m'attelais méthodi-
quement à une besogne doucement monotone.
Toutes mes idées étaient classées comme des

fiches dans un casier; l'emploi de mon temps était réglé. A quatre heures et demie, j'allais flâner à la musique des Tuileries en été, sous les arcades du Palais-Royal en hiver. Je dînais avec des camarades à un petit restaurant de la rue Jacob; nous terminions la soirée par un domino à quatre; puis, au coup de onze heures, je m'endormais dans la paix du cœur pour recommencer le lendemain.

Un jour, on m'a poussé au mariage et — moins par amour que par ambition — j'ai épousé la fille d'un ancien chef au ministère. Mal m'en a pris. Au lieu du train-train régulier de ma vie de garçon, je mène une existence tempêtueuse et désordonnée. Je suis comme sur le pont d'un navire sans cesse assailli par des coups de vent. J'ai une épouse acariâtre qui me réveille la nuit pour récriminer; j'ai un enfant qui crie, une nourrice, des créanciers... et ma belle-mère! Oh! ma belle-mère!... C'est ma femme, en plus vieux, avec les mêmes yeux gris et durs, la même voix vinaigrée, le même tempérament colérique. Ce qui n'est qu'un duvet sur la lèvre supérieure de Léocadie est devenu des moustaches sur celle de sa mère. La maman a le même caractère que la fille, mais avec des arêtes plus aiguës et plus coupantes. — Jolie perspective pour l'avenir!

Tandis que je repensais à tout cela, le fiacre roulait. Il s'est enfin arrêté et je suis descendu. Il y avait déjà deux voitures à la porte de mes beaux-parents. Je suis monté, très digne et très calme en apparence, mais mon cœur battait jusque dans ma gorge tandis que j'agitais la sonnette.

La bonne est venue m'ouvrir en bougonnant, ahurie sans doute par ces trois visites arrivant coup sur coup, et elle m'a appris que mes beaux-parents étaient au théâtre, — au Gymnase.

— Mais, a-t-elle ajouté, vous pouvez entrer... Madame et la nourrice attendent déjà au salon.

Elle m'a introduit au salon, où j'ai été accueilli par un silence encore plus glacial que l'atmos-phère de cette pièce sans feu. Le petit seul piail-lait dans les bras de la nourrice. Léocadie, roide dans son fauteuil, les lèvres pincées, ne daignait pas me regarder. J'ai arpenté la chambre d'abord en longueur, puis en largeur, la main passée dans ma redingote boutonnée; enfin, énervé moi-même par ce mutisme agaçant, j'ai parlé :

— Je suis venu, ai-je dit à Léocadie, pour voir jusqu'où vous pousseriez cette mauvaise plaisanterie !

Pas de réponse. Le marmot seul braillait toujours et la nourrice se décidait à lui donner le sein. Je me suis armé de patience et j'ai repris ma promenade, en comptant mentalement les tics-tacs du balancier de la pendule. Cela a duré une heure mortelle. Enfin, à onze heures et demie, les beaux-parents sont arrivés. Je les entendais dans l'antichambre : mon beau-père bâillait bruyamment, tandis que ma belle-mère répondait aux informations de la bonne par d'aigres exclamations.

La porte s'est brusquement ouverte. Tableau. Ces vieilles gens tombaient de sommeil, et la perspective d'une scène de famille à cette heure indue n'était pas pour adoucir leur humeur.

— Monsieur, a glapi ma belle-mère, qu'est-ce encore que cette algarade ?

— Demandez à votre fille, madame ; quant à moi, je n'y comprends rien.

— Monsieur m'a chassée ! s'est écriée tragiquement Léocadie.

— Moi?... Ah! par exemple, c'est trop
fort!...

Mais ma belle-maman ne m'a pas laissé
achever, et de sa voix de verjus :

— Vous avez osé chasser ma fille, vous!...
vous!...

— Moi?... Pas le moins du monde!

— Demandez à la nourrice, a répliqué ma
femme.

Naturellement cette campagnarde a com-
mencé à me chanter pouilles. Ma femme réci-
minait, ma belle-mère fulminait; le beau-père,
lui, tirait son épingle du jeu; il remontait la
pendule en bâillant à se décrocher la mâchoire.
Cela s'est terminé par une crise de larmes, et,
comme toujours, j'ai fini par mettre les pouces.
Que pouvais-je faire contre ces trois enragées?
J'ai promis tout ce qu'on voulait, pour avoir la
paix. Alors, après une semonce de ma belle-
mère et une poignée de main compatissante du
beau-père, nous avons descendu l'escalier en
famille et nous sommes repartis processionnellement en trois voitures.

J'ai payé les fiacres. Je garderai la nourrice,
j'achèterai le porte-bonheur; les appointements

du mois y passeront. Voilà mon budget plus déséquilibré que jamais. Les dettes font la boule de neige. Mon tailleur viendra demain avec sa note. Je sens que je m'enfonce... que je m'enfonce!... Et quand je songe qu'au bureau je passe pour avoir fait un beau mariage!...

Fleurs De Cyclamens

FLEURS DE CYCLAMENS

ONNAISSEZ-VOUS Talloires? Si votre bon génie vous a conduit à Annecy et si vous avez fait le tour du lac, vous aurez certainement remarqué l'heureux coin vert et silencieux où ce village sommeille au pied des montagnes. Le roc de *Chère*, qui dresse jusqu'au milieu du lac son promontoire boisé et crevassé, enferme dans une encoignure et protège du vent du nord les cinq ou six villas, les trente maisons et l'ancienne abbaye transformée en hôtel qui composent tout Talloires. Le village s'éparpille parmi des vignobles en pente et à l'abri des noyers. Derrière, s'élève une première croupe de montagne couverte de hêtres et de chênes; puis, au-dessus d'un grand *replat* où ondulent des champs de seigle et d'avoine, les pâturages et les forêts de sapins tapissent de leur verdure sombre ou claire les arêtes escarpées, au sommet desquelles le Lanfont et la Tournette découpent sur le ciel leurs dents et leurs pitons dorés de soleil.

Au bas, le lac étend son eau bleue et lisse où fuient quelques barques à voiles triangulaires. Dans ce miroir d'azur les peupliers des berges, les pentes ardues et les cimes crénelées de la rive opposée se reflètent doucement. La lumière, tamisée par de beaux nuages, colore magistralement le cirque de montagnes qui enserre le *Bout du Lac*. Le vert foncé, le bleu sombre, le violet intense, le gris argenté, s'y fondent par d'insensibles transitions avec le bleu turquoise de l'eau et le vert phosphorescent des vignes. Sur ce paysage à la fois grandiose et intime plane une paix profonde, interrompue seulement par de claires sonneries de cloches villageoises, des gazouillements d'oiseaux et le passage d'un char lentement traîné par des bœufs. — C'est

là qu'il faut venir savourer la joie des amours
heureuses, et c'est là encore qu'il faut se réfu-
gier si l'on a une grande douleur à endormir.
Les odeurs de menthe et d'herbe fauchée qu'apporte le vent de la montagne vous envelop-
pent d'une tendre caresse, en même temps
qu'elles apaisent la tristesse des souvenirs amers
et qu'elles cicatrisent comme un baume les
blessures morales.

L'autre jour, j'ai rencontré sur le chemin de
la Tournette trois touristes qui en descendaient,
l'*alpenstock* en main, le sac au dos et le chapeau
fleuri d'un bouquet de cyclamens. Ils étaient
lestes, fringants et jeunes ; le plus âgé ayant
vingt-cinq ans à peine. Je les ai regardés passer
d'un œil attendri, et, au spectacle de leur jeunesse allègre, tous les souvenirs de la vingtième
année me sont remontés au cerveau. Je me suis
revu descendant gaiement le même chemin,
avec des fleurs au chapeau, en compagnie de
deux joyeux camarades, et, de même que les
cimes des montagnes se reflètent dans le lac, le
souvenir du temps jadis s'est étendu devant mes
yeux, comme un mirage, avec ses formes pré-

cises, ses couleurs, ses parfums et ses enthou-
siasmes d'autrefois.

C'était un soir d'il y a vingt-cinq ans, dans
ce même village où nous devions passer la nuit
après une course de sommets. A peine nous
étions-nous engagés dans la magnifique avenue
de marronniers qui précède l'Abbaye, que nous
vîmes se lever d'un banc et marcher lentement
devant nous, sous la verdure, une belle jeune
fille, dans toute la splendeur et la gloire de ses
dix-huit ans. Blanche, admirablement faite : elle
avait d'épais cheveux blonds qui tombaient
librement en boucles sur ses épaules de déesse.
Sa jupe claire à longs plis, balayant l'herbe de
sa traîne, dessinait à souhait la souplesse de la
taille et la rondeur des hanches. Sa démarche
était superbe, et quand, au murmure de nos
voix admiratives, elle se retourna, nous vîmes un
fin profil de patricienne aux lèvres rouges et
dédaigneuses, au nez légèrement retroussé, aux
yeux purs et fiers.

Nous avions pris feu tous trois en même
temps, et, oublieux des fatigues de la journée,
nous la suivions à distance, le long d'un sentier

qui serpentait entre les vignes. A un certain car-
refour, elle poussa une porte voilée de chèvre-
feuilles et disparut... De retour à l'Abbaye et la
tête encore pleine de notre merveilleuse rencontre, nous questionnâmes les gens de l'hôtel. —
La jeune fille s'appelait la princesse V... Elle
était Russe et habitait avec sa famille une des
villas situées au bord du lac. — Russe, princesse
et jolie, il y avait de quoi faire flamber notre
imagination et, pendant tout le dîner, nous ne
parlâmes que de sa beauté. Pourtant, au dessert,
la fatigue et le vin de Talloires aidant, mes deux
compagnons s'étaient sentis peu à peu alourdis,
leur verve avait tari et ils montèrent se coucher.
Quant à moi, je n'avais nulle envie de dormir et
je sortis dans l'espoir de revoir encore l'aristo-
cratique et blanche apparition de l'après-midi.

La soirée était exquise. Du côté d'Annecy, le
soleil venait de disparaître dans une gloire de
nuées purpurines. Derrière les escarpements de
la Tournette, la pleine lune se levait et effleurait
les sombres pentes veloutées de la montagne
d'un premier rayon qui trouait comme une flèche
les brumes des ravins. De tous côtés, dans la
campagne assoupie, montaient des cris de gril-

lons, mêlés aux notes claires des rainettes. A mes pieds, l'eau du lac encore glacée de lilas foncé clapotait mollement. Je suivais la marge d'un petit pré dont l'eau rongeait les bords, et, tout en cheminant les yeux en l'air, je rêvais d'une nouvelle rencontre possible avec la jeune Russe; j'inventais de romanesques incidents qui nous mettraient en communication; j'engageais une conversation imaginaire où je disais des choses très spirituelles et très éloquentes. Tandis que je bâtissais mes châteaux en Espagne, j'entendis sous la ramure d'un saule le bruit métallique d'une chaîne de bateau qu'on secoue, et tout à coup, à cinq pas, je vis s'agiter une forme blanche... C'était la princesse.

Elle essayait de dénouer la chaîne qui amarrait le bateau à un pieu solidement enfoncé dans la berge; mais elle n'y pouvait parvenir. Ses petits doigts se meurtrissaient en vain contre les chaînons rouillés qui formaient le nœud. Elle frappait du pied le sol du talus avec impatience, l'irritation allumait ses prunelles, et ses lèvres d'enfant, plissées et boudeuses, laissaient passer des exclamations dépitées.

— Dieu, que c'est agaçant! s'écria-t-elle.

— Permettez! dis-je en m'avançant brusquement. — Et, m'agenouillant, je dénouai
l'amarre, non sans m'être notablement endom-
magé les ongles.

Elle avait déjà sauté dans le bateau et m'examinait de la tête aux pieds.

Je venais de passer huit jours dans la montagne, marchant par tous les temps, couchant
sur le foin des chalets, et ma toilette était fort
négligée : barbe trop longue et mal peignée,
feutre recroquevillé, vêtements fripés, guêtres
terreuses... Elle me prit évidemment pour le
batelier.

— Merci, murmura-t-elle d'un ton bref;
maintenant, conduisez-moi jusqu'à Duingt,
voulez-vous?

— Avec le plus grand plaisir, répondis-je, le
cœur tout battant d'aise.

Je m'élançai à mon tour, et d'un coup d'aviron
poussant le bateau loin du bord, je me mis à
ramer, tandis qu'en face de moi elle manœuvrait
le gouvernail. La lune, qui montait, me montrait
maintenant plus distinctement sa jolie figure, à
la fois espiègle et hautaine, qu'encadraient les

cheveux blonds annelés et où luisaient deux yeux noirs, encore assombris par l'ombre voilée des longs cils. A son corsage de soie écrue, un gros bouquet de cyclamens épanouis envoyait jusque vers moi sa pénétrante odeur analogue à celle du muguet...

— Je voulais faire cette promenade depuis longtemps, crut-elle devoir me dire en manière d'explication, mais ma tante a horreur de l'eau, et miss Gray est une poule mouillée; je me suis donc décidée à sortir seule, et sans cette misérable chaîne, je serais déjà loin.

Elle parlait le français très purement, avec un léger accent exotique, qui donnait à ses paroles une saveur plus piquante. Tout entier à mon admiration, je ne songeais pas à lui répondre et je me contentais de ramer vigoureusement, de sorte que nous atteignîmes assez vite le milieu du lac.

— Enfin vous êtes venu à propos, continua-t-elle, mais vous n'avez pas perdu votre temps et il est juste que je vous paye de votre peine...

Tout en causant, elle avait tiré de sa poche un mignon porte-monnaie dont je voyais reluire le chiffre d'argent, et elle allait y puiser, quand je l'arrêtai du geste :

— Merci, mademoiselle, je ne suis pas le batelier et je me trouve suffisamment payé par le plaisir de vous accompagner dans cette promenade nocturne.

Elle releva vivement la tête, son front pur se plissa et elle me toisa d'un air effarouché et irrité.

— Qui êtes-vous donc alors ? demanda-t-elle avec hauteur.

— Je suis un simple touriste, fort heureux de m'être trouvé là par hasard pour vous rendre service.

Elle se rasséréna un peu et se décida à sourire.

— Ah !... reprit-elle, en ce cas, je vous dois des excuses pour mon indiscrétion... J'ai commis une étourderie que mon institutrice, miss Gray, qualifierait certainement d'*improper*... Si vous le voulez bien, nous retournerons à Talloires...

Elle imprima au gouvernail un mouvement qui fit virer le bateau, et je me remis à ramer, mais cette fois avec plus de lenteur. — La lune, qui montait toujours, jetait un long rayon sur toute

la largeur du lac; les montagnes voilées d'une
vapeur d'argent avaient un aspect féerique, et
au loin, du côté de Doussard, un feu de pâtre
allumé sur une crête nous envoyait sa rouge
lueur.

— Avez-vous été au mont Blanc? me demanda
la jeune princesse, qui, rassurée sans doute sur
ma manière d'être, jugea à propos de se montrer aimable et de rompre le silence.

— J'en arrive... J'ai regagné le lac d'Annecy
par le col des Aravis, Thônes et la Tournette.

— Connaissez-vous déjà notre lac?... N'est-
ce pas, qu'il est adorable?

— Oui, surtout en ce moment.

— Il est beau à toute heure! répliquá-t-elle
avec impétuosité; il a des limpidités et des trans-
parences bleues qui invitent à s'y plonger...
Oh! l'eau... J'aime l'eau! s'écria-t-elle en enfonçant avec délices l'un de ses bras dans le sillage
argenté du bateau.

— Vous êtes peut-être une ondine? repartis-
je en la regardant avec émerveillement.

— Je voudrais en être une! On dit qu'il y en
a ici, car vous savez que vous êtes sur un lac à
légendes?...

— Vraiment ?

— Oui, les gens du pays prétendent qu'à cette même place où nous sommes, un village entier a été englouti sous l'eau, parce que les habitants avaient refusé de donner l'hospitalité à une vieille mendiante qui était fée. Pendant les nuits de pleine lune, les coqs du village submergé chantent au fond du lac, et les cloches tintent comme pour la messe... Tenez, écoutez !... N'entendez-vous pas comme un lointain carillon de cloches ?

Elle s'était penchée sur le bord du bateau et prêtait l'oreille, tout en riant et en faisant ruisseler entre ses doigts des gouttelettes qui scintillaient au clair de lune.

— Entendez-vous ? répéta-t-elle.

Je m'étais rapproché, nos deux têtes se touchaient presque et j'écoutais docilement. D'ailleurs, pour rester là, j'aurais cru et affirmé tout ce qu'elle aurait voulu, et de fait, il me semblait que j'entendais une vague et délicieuse musique. Peut-être étaient-ce tout bonnement les battements de mon cœur, car j'étais violemment ému auprès de cette jolie princesse à la taille souple, aux blonds cheveux et aux yeux ensorcelants. En outre, l'odeur grisante des cyclamens me montait au cerveau.

— Chut! poursuivit-elle avec un air mystérieux, en mettant son doigt mouillé sur ses lèvres, voici la fée du lac qui nous appelle !...

Dans le silence de la nuit, on entendait au loin les sons d'un cor et, par un singulier effet d'acoustique, cette lointaine fanfare semblait monter du fond de l'eau.

—Eh bien! non, reprit-elle en éclatant de rire à la vue de ma figure ébaubie, de mes yeux écarquillés et de mes lèvres entr'ouvertes, je crois décidément que ce n'est qu'un vulgaire cor de chasse !

— C'est vous, m'exclamai-je avec une amoureuse exaltation, c'est vous qui êtes la fée et qui prêtez au lac tous vos enchantements !...

De nouveau elle éclata de rire et, comme je m'étais remis à ramer, nous abordâmes bientôt près d'une vigne en pente. Par delà les pampres frissonnants, une élégante villa découpait au clair de lune, sur la verdure, ses toits de tuile avec deux pavillons en retour, unis par une *loggia* à l'italienne où grimpaient des chèvre-feuilles.

Tout à coup une forme noire se penchant à la balustrade de la *loggia* interpella la jeune fille :

— Nâdia, Nâdia !... Voulez-vous bien rentrer !... Vous allez attraper un rhume...

— C'est ma tante, murmura Nâdia; je ne sais si j'attraperai un rhume, mais pour sûr j'attraperai une semonce... Merci, monsieur, et bonsoir !... Chargez-vous d'amarrer le bateau... Puisque vous n'êtes pas le batelier, je ne puis vous payer le passage, et pourtant je voudrais bien acquitter ma dette...

Elle parut méditer un moment, puis, brusquement, elle détacha de son corsage le bouquet de cyclamens et, me le lançant :

— Adieu ! gardez ces fleurs en souvenir de la fée du lac !...

Elle gravit la berge et disparut bientôt sous les platanes de la villa.

Le lendemain matin, mes compagnons et moi nous repartions par le bateau d'Annecy, et je n'ai plus revu la jolie princesse...

Et me revoici, après vingt-cinq ans, au bord de ce lac enchanté. La villa dresse toujours dans les vignes ses pavillons aux toits de tuile rouge et sa *loggia* couleur vert d'eau. Les cyclamens ouvrent toujours à la marge des bois de sapins leurs fleurs roses embaumées. De jeunes touristes, vaillants et allègres, descendent encore, la chanson aux lèvres, les pentes ravinées de la Tournette... Je suis retourné en bateau sur le lac, à l'endroit où a été submergé le village légendaire... Mais j'ai eu beau prêter l'oreille, je n'ai plus entendu tinter les cloches ni vibrer la voix de la fée... Je n'ai ouï sonner que ma cinquantaine, tandis que les notes mélancoliques des rainettes semblaient mener le deuil de ma jeunesse envolée et de mes compagnons de voyage disparus.

Le Fossoyeur

LE FOSSOYEUR

J'AVAIS été chargé par un ami absent de surveiller l'entretien d'une tombe au Père-Lachaise. La tombe renfermait les restes d'une personne passionnément aimée, et ç'avait été un gros crève-cœur pour mon ami, en s'exilant en province, d'abandonner cet entretien pieux à des mains étrangères. — Tant que nous pouvons visiter la sépulture de nos morts et planter des fleurs dans la terre qui les recouvre, il nous semble qu'ils ne nous ont pas tout à fait quittés. Le jour où les hasards de la vie nous forcent à interrompre cette visite coutumière

renouvelle toutes les douleurs de la séparation.
— J'avais essayé de consoler l'absent en lui promettant de me rendre exactement au cimetière,
aux époques où il avait l'habitude d'y faire son
dévot pèlerinage, et je m'acquittai pour la première fois de ce devoir un matin de juillet.

J'indiquai au surveillant la situation approxi-
mative de la tombe, et on m'y fit conduire par
un des ouvriers préposés au service de ce quartier
de la ville des morts. — C'était un homme entre
deux âges, à la moustache rousse, à l'œil bleu
très doux, au teint hâlé et couperosé. Coiffé
d'un chapeau de grosse paille, ayant, à cause de
la chaleur, pour tout vêtement un pantalon de
cotonnade bleue déteinte et une chemise de toile
bise, il marchait lourdement à la façon des paysans, et toute sa personne était comme enveloppée d'une naïve rusticité qui ne sentait en rien
l'ouvrier de Paris. Après avoir cheminé pendant
dix minutes le long des allées où les monuments
funèbres se serraient les uns contre les autres,
nous arrivâmes à l'emplacement que je cherchais.

La sépulture recommandée à mes soins se
composait d'une simple dalle de granit autour
de laquelle régnait une bordure de fleurs, et

qu'une grille de fer protégeait contre les indis-
crétions des passants. Dès le premier coup d'œil,
je pus me convaincre de l'opportunité de ma
visite. Le soleil de juillet avait mis les plates-
bandes en piteux état : les rosiers jaunissaient,
les pensées étalaient çà et là leurs fleurs recro-
quevillées, et les héliotropes, faute d'eau, s'étaient
séchés sur pied. Je fis marché avec le gardien
qui m'accompagnait, pour le renouvellement des
plantes, et, afin de stimuler son zèle, je lui donnai en outre un honnête pourboire. Sa figure
hâlée s'épanouit, un rire silencieux ouvrit sa
bouche édentée et plissa de petites rides autour
de ses yeux bleus.

— Vous êtes un bon client, vous ! me dit-il
en faisant glisser son argent dans la poche de
son pantalon. Aussi vous pouvez dormir sur les
deux oreilles... Je vais soigner cette tombe-là ;
j'y planterai des fleurs vivaces, qui seront moins
susceptibles, et je viendrai les arroser tous les
matins... Tenez-vous tranquille, ça sera de l'ouvrage *fignolé !*

Son accent campagnard sonnait familièrement
à mes oreilles ; à certaines expressions dont il

assaisonnait ses propos et qui exhalaient une
originale senteur de terroir, il me sembla reconnaître un compatriote.

— Ne seriez-vous pas Lorrain? lui demandai-je.

— Vous avez, *ma fi*, mis le doigt dessus, répondit-il en continuant son rire silencieux, je
suis de Florent, là-bas, dans l'Argonne.

Je ne m'étais pas trompé, nous étions *pays*, et
je le lui dis, ce qui donna un tour plus intime à
notre conversation. Je le questionnai sur son village, et il m'apprit qu'il l'avait quitté depuis six
ans seulement. Il y travaillait à la terre, et y possédait même encore quelques bouts de champs.

— Et comment, repris-je, l'idée vous est-elle
venue de changer votre métier de cultivateur
contre celui que vous faites ici?

— Je vas vous dire, répliqua-t-il, c'est cette
diablesse de politique qui en est cause... J'étais
marié, avec un tas d'enfants, — cinq en huit
ans, — et dame! ça faisait bel et bien des bouches
à nourrir. Depuis quelques années la terre ne
rapporte plus comme dans les temps; on ne gagne pas seulement pour la semence. Alors, à
seule fin de mettre un peu de beurre dans ma
soupe, je m'étais fait, comme ils disent, agent

électoral... J'avais même rendu quelques services
au député de cette époque-là, un gros marchand
de bois de la vallée de la Meuse, vous l'avez
peut-être bien connu?... Un jour, que je lui
contais mes doléances et les maux que j'avais à
joindre les deux bouts :

— Mon brave, qu'il me répond, affermez
donc vos champs, et venez me voir à Paris, je
vous trouverai une place, moi, et une bonne,
dans le gouvernement!

C'était avant les élections, ça... Ma foi, fait
et dit, une fois le scrutin fini et notre homme
réélu, je me pense : « Je serais, pardi! une grosse
bête de ne pas profiter de ses bonnes promesses! »
Je loue mes trois ou quatre morceaux de terre,
j'emballe au chemin de fer femme, enfants et
mon petit butin, et nous voilà débarqués dans
ce gredin de Paris.

Je loge toute ma nichée dans un garni, aux
environs de la gare de l'Est, et je m'occupe
d'aller trouver mon député. Ça n'a pas été aisé,
pour sûr! Cet homme-là était plus difficile à
prendre qu'une anguille. Quand je montais chez
lui, il était à la Chambre; et quand j'allais le ré-
clamer à la Chambre, je ne l'y trouvais jamais.

Pendant une semaine je fis ainsi la navette, renvoyé d'Hérode à Pilate. Enfin, un matin, je le happe au saut du lit et je lui dégoise mon affaire. Tout d'abord il ne me remettait pas et faisait celui qui ne sait pas de quoi il retourne, mais comme je tenais bon :

— C'est bien, qu'il me dit, revenez dans huit jours.

Le huitième jour, j'étais chez lui, la bouche enfarinée !

— Ah ! vous voilà, mon brave, je crois que je vous ai trouvé une bonne place... Savez-vous un peu de jardinage ?

— Pour ça, que je lui réponds, je ne crains personne, j'ai assez de fois biné et sarclé notre *maix* pour connaître le métier à fond.

— Eh bien ! alors, en route !

Nous montons dans sa voiture qui l'attendait en bas et nous roulons. Chemin faisant, je me pensais : « Jardinier, ça me va, c'est un métier plaisant. » L'équipage nous amène ici, au Père-Lachaise. Mon député demande le surveillant en chef et me présente : — Voilà notre homme !

— Là-dessus, il me souhaite bonne chance, puis remonte dans sa voiture qui file au grand trot...

Et alors seulement on m'explique en quoi consistait cette belle place qu'il m'avait procurée...
J'étais nommé fossoyeur, monsieur!

Fossoyeur!... Ça me donnait comme un frisson dans le dos. Au village, comme vous savez,
on n'est pas trop crâne pour tout ce qui a rapport
à la mort. On n'ose pas y penser et encore moins
la regarder de près. Ça répugne, quoi! On ne
passe pas volontiers, le soir, au long du cimetière, et creuser une fosse, manier des cercueils,
c'est considéré comme le dernier des métiers.
J'avais bonne envie de refuser. Mais, dame! mon
boursicot commençait à diminuer; je songeais à
la bourgeoise et aux cinq marmots, là-bas, dans
leur garni. Tout ce monde-là avait les dents
longues et l'estomac creux. Si je me remettais à
chercher une autre place, ils risqueraient de crever de faim en attendant... Je fis bon visage à
mauvais jeu et j'acceptai bravement la laide besogne qu'on m'offrait.

Coquin de sort! Ça fut dur dans les commen-
cements! Quand je donnai mes premiers coups
de bêche dans cette terre grasse, blanchâtre,
semée d'ossements et de débris de planches pour-
ries, j'eus comme un tournement de cœur, et

je m'assis tout *débiscaillé* sur le rebord d'une pierre. Ça ne sentait pas bon comme la terre de chez nous, pour sûr! Tout en rejetant le terreau sur les bords du trou, j'étais empoigné par des idées noires. Je repensais à mes champs, je me revoyais poussant ma charrue au revers de la côte de Tourteloup, écrasant à pleins pieds la bonne terre brune de chez nous, qui fleurait quasiment comme le pain chaud sortant du four. Toute notre campagne se remettait devant mes yeux comme une image : — la lisière de forêt au-dessus du champ, avec un gros poirier sauvage à la corne du bois; la route à mi-côte où filait le piéton en blouse bleue à parements rouges; puis les prés dans le fond, tout blancs de rosée, et sur le versant opposé, le village dans les pruniers, avec son clocher de travers... Il me semblait que j'entendais le cri aigu des motteux venant hocher leur queue grise dans les sillons, et la musique des alouettes tout là-haut, dans le brouillard. — Alors il me prenait un tel regret du pays, que ça me tirait les larmes des yeux.

Je me souviendrai toujours du premier enterrement auquel j'assistai. J'avais creusé la fosse dès

le fin matin, et je me tenais un peu en arrière
avec mon camarade, prêt à la combler dès que
le prêtre aurait dit les dernières prières. Le cor-
billard arriva en cahotant, puis une voiture de
deuil d'où descendirent un monsieur jeune encore
et quatre petits garçons dont l'aîné avait dix ans
à peine; quatre garçonnets vêtus de noir, tête
nue, la figure bouleversée, avec des traces de
larmes sur leurs pauvres joues pâles. Ils se ran-
gèrent au long de la fosse, le père serrant la
main de l'aîné. Les croque-morts empoignèrent
le cercueil, rejetèrent le drap noir, et l'apportè-
rent déjà ficelé de cordes au-dessus de la fosse.
Le curé marmotta vivement son latin, jeta une
pelletée de gravats sur les planches de chêne,
les aspergea, puis s'éloigna. Quand le cercueil
commença à s'enfoncer dans le trou noir, en ra-
botant les cailloux, le visage du père se con-
tracta, et des sanglots pareils à des hoquets le
prirent à la gorge; ses lèvres se tordaient sans
pouvoir prononcer une parole, et c'était navrant.
Les quatre mioches poussaient des cris; ils appelaient «maman! maman!» et pleuraient toutes
leurs larmes...

Le cœur me manqua. Je devins aussi blême

que le père. Je pensai à mes cinq *gosses* et à ce qu'ils deviendraient si leur mère venait à me manquer, comme cette jeune femme qu'on descendait dans la fosse. Mes jambes flageolèrent, et je faillis me trouver mal, tandis que les croque-morts écarquillaient les yeux et riaient en dessous, à la vue de ce fossoyeur qui n'avait pas plus d'estomac qu'un poulet... Il me fallut me violenter pour aider mon compagnon à combler la fosse, et quand ce fut fini, je fis tellement pitié au camarade, qu'il me conduisit chez le *mastroquet* et me réconforta d'un demi-verre d'eau-de-vie de marc.

Le soir, en rentrant chez moi, j'étais si dégoûté du métier, que je me disais : — Macquart, mon garçon, en voilà assez !... Vivre toute la journée au milieu des cercueils, entendre les geignements des pauvres diables à qui la *camarde* enlève les créatures qu'ils aiment, ce n'est pas une vie... Revenons-nous-en au pays !

J'annonçai mon intention à ma femme ; mais la bourgeoise n'entendait pas de cette oreille-là. C'est une gaillarde qui n'a pas froid aux yeux et qui ne plaisante pas, quand il s'agit d'assurer la becquée à ses petits. Elle me répondit verte-

ment que je l'avais forcée de venir à Paris, et
que, maintenant que j'avais une place, il fallait
m'y tenir. Elle me fit honte de ma faiblesse, me
traita de *flémard* et de poule mouillée; bref, pour
avoir la paix, je repris mes outils et je rentrai
au cimetière. N'empêche que, pendant plus de
huit jours, je ne pus retrouver l'appétit. Quand
je mangeais un morceau, il me semblait que
c'était la terre du cimetière que je tortillais dans
ma bouche...

On se fait à tout, monsieur. Maintenant j'ai
six ans de service et je suis devenu solide au
poste. Mais savez-vous ce qui m'a endurci et
redonné du tempérament? C'est toutes les comé-
dies dont j'ai été témoin autour des fosses que
j'avais creusées. S'il y a des gens qui versent de
vraies larmes, il y en a diantrement, allez, qui
ne pleurent que pour la galerie et se moquent
des morts comme des vieilles lunes. En ai-je vu,
bonté! des fils, des pères et des maris qui se
tamponnaient les yeux devant les amis et con-
naissances, et qui rengainaient leur douleur dès
que la compagnie avait le dos tourné!... Il y en
a, monsieur, qui se disputent sur la succession

avant que la terre soit seulement tassée sur le
défunt. La vue de toutes ces vilenies m'a débarrassé de ma sensibilité, et, maintenant, je suis
cuirassé comme les camarades... Et puis, en guise
de distraction, j'ai mon jardinage. Ça me refait
de voir de jolies fleurs pousser sur mes morts.
Je mets mon amour-propre à ce qu'elles soient
drues et bien portantes... Aussi, je vous promets, monsieur, que votre tombe sera soignée...
Je la bichonnerai comme pour moi.

Je le quittai là-dessus, et comme je tournais
l'allée, il me cria encore :

— Soyez tranquille, je vous traiterai en *pays!*...
Et si vous retournez là-bas, chez nous, vous
pourrez dire aux gens de Florent que le Macquart est devenu un fossoyeur premier numéro!

La Grive

LA GRIVE

Il y aura cinq ans à la Notre-Dame de septembre, je descendais un chemin creux qui va de la Briantais à Saint-Jouan, — une de ces sentes bretonnes assez larges, très herbeuses, dont les talus se relèvent comme deux murs verdoyants et sont plantés de châtaigniers ou de chênes têtards. Les roues y ont creusé des ornières où l'eau séjourne long-temps et dans l'humidité desquelles s'épanouis-sent les fleurs roses de la petite centaurée. — Il pouvait être huit heures du matin, et, dans la fraîcheur embaumée de l'automne commençante, j'entendais au loin les cloches des paroisses tinter pour la messe, tandis que dans les genévriers de la lande des grives chantaient. En même temps un air chargé de senteurs salines, m'arrivant par-dessus les talus, me disait que la mer était proche et me ragaillardissait.

J'étais en train de franchir un échalier, quand des pas résonnèrent derrière moi, et je fus rejoint par un promeneur matineux qui paraissait âgé d'une trentaine d'années. Vêtu d'un complet de drap bleu, coiffé d'un feutre rond, il avait la mine d'un propriétaire campagnard fort à son aise; même sa toilette assez soignée détonnait avec l'heure matinale, et ses traits tirés, ses yeux cernés, son nez en bec d'oiseau, pincé du bout, sa figure plombée sous le hâle, semblaient indiquer qu'il avait passé une nuit blanche. — N'étant par très ferré sur la topographie locale, je profitai de la rencontre pour lui demander si je suivais bien le chemin de Saint-Jouan.

« Parfaitement, répondit-il, je vais moi-même dans cette direction et, si vous le voulez, je vous y conduirai par le plus court, car je rentre chez moi et j'ai hâte de me coucher... »

Il remarqua sans doute une expression de sur-

prise dans mes yeux et il ajouta en souriant :
« Cela vous étonne, que j'aille me mettre au lit
à l'heure où les autres en sortent?... Mais
quoi?... J'ai passé ma nuit au Casino de Saint-
Malo... La partie de baccarat a été fort animée
et nous n'avons quitté le jeu qu'au petit jour. »

Je le regardai plus attentivement. Il avait en
effet le facies d'un joueur : ses yeux gris brillaient
d'un éclat fiévreux qui contrastait avec l'impassi-
bilité du reste de la figure. Comme nous nous
remettions en marche, une grive commença de
chanter. Sa chanson aux notes graves, alternée
de gazouillements légers et de vocalises aiguës,
fit dresser la tête à mon compagnon.

« C'est la petite grive... murmura-t-il, un joli
oiseau, Monsieur! Elle se gargarise là-bas avec
des baies de genièvre, et cela lui assouplit la voix.
J'aime à entendre sa chanson dans la lande...
C'est un *fétiche*, elle me porte chance... Si je
l'avais entendue hier en me rendant au Casino,
j'aurais eu peut-être moins de déveine!... Au
lieu de cela, je reviens avec une culotte com-
plète... Heureusement, j'ai de *l'estomac*, et je me
rattraperai demain!... »

La grive continuait à lancer des fusées de notes

rapides, et le joueur, debout sur le talus, s'était arrêté pour l'écouter :

« Je la connais, celle-là, soupira-t-il ; elle a son nid sur les basses branches d'un chêne ; je l'ai surprise l'autre soir en train de couver, car chez les grives, Monsieur, le mâle couve pour laisser reposer la femelle!... C'est un bon père de famille!... » Il poussa de nouveau un soupir, comme un homme qui a la poitrine oppressée. « J'ai remarqué cette grive, continua-t-il, à cause de ses yeux noirs et de la couleur orange de ses ailes; ce sont les deux traits qui la distinguent du mauvis... Au moment où je me penchais sur le nid, elle s'est envolée... J'ai eu tort de la déranger, cela ne m'a pas porté chance!... »

Nous étions arrivés en face d'une profonde avenue de hêtres, à l'extrémité de laquelle on apercevait la grille d'un château Louis XIII.

« Voici la route qui descend à Saint-Jouan, reprit mon compagnon, et me voici chez moi... Serviteur, Monsieur! »

Nous nous séparâmes, et je le vis s'enfoncer lentement sous la voûte encore obscure de la hêtraie. — A Saint-Jouan, je questionnai l'aubergiste, et j'appris que l'avenue des hêtres conduisait au château de la Crochais, appartenant à un certain M. de Trélivan.

La semaine d'après, au Casino, j'aperçus de nouveau le propriétaire de la Crochais. Il était assis à une table de baccarat et tenait la banque. Tout en donnant les cartes, il se mordait les lèvres et de petites gouttes de sueur perlaient à ses tempes. Un quart d'heure après, il passa la main, ramassa une pile d'or et se leva. Il me reconnut à son tour, et s'approchant :

« Ça marche, murmura-t-il, je répare la brèche de l'autre nuit... Voyez-vous, le tout est d'avoir de *l'estomac*... Et puis, ajouta-t-il à mi-voix, j'ai entendu ce soir la grive dans la lande... Jamais sa chanson n'avait été si gaie... Joli oiseau, Monsieur !... En l'écoutant, je me suis dit : « La soirée sera bonne ! » Et en effet, je ne suis pas mécontent !... »

Je quittai Saint-Malo le lendemain. Je n'y suis revenu que cette année, et l'autre jour, je me suis fait conduire en voiture à Dinan par la rive droite de la Rance. En route, l'un des boulons du brancard étant tombé, nous fûmes obligés de faire halte dans une descente. « Heureusement qu'il y a un maréchal-ferrant à Saint-Jouan !

s'écria le conducteur; d'ici-là, si c'est un effet de votre bonté, nous irons à pied... Nous n'en avons que pour cinq minutes... »

Saint-Jouan réveilla vaguement en moi un vieux souvenir; je reconnus le paysage aperçu autrefois à la sortie du chemin creux : — l'avenue de hêtres, les toits d'ardoises du château émergeant de la verdure luisante des châtaigniers, et la lande où justement les grives chantaient comme jadis. — A gauche de la route, dans un renfoncement, je remarquai une croix de granit dressée sur un tertre, au-dessus duquel des érables éparpillaient déjà leurs feuilles à retroussis blanc. « Il y a quelqu'un d'enterré ici? demandai-je au conducteur.

— Oui... Le propriétaire de la Crochais, ce château à main droite... un M. de Trélivan. » — Trélivan!... Le nom acheva de me remémorer le passé. Je revis mon compagnon de route, grand, robuste, l'œil enfiévré, le nez au vent, s'arrêtant sur la lande pour écouter le chant de la grive.

« Il s'est brûlé la cervelle ici même, Monsieur..., continua le cocher; il jouait, voyez-vous, il venait de perdre une grosse somme au Casino, et il avait femme et enfants... Un matin,

en rentrant, il s'est assis là, en face de son avenue, et paf! une balle dans la tête... Quel dommage! un homme superbe... et si gai, quand il
avait la veine! Des fois, quand je le conduisais
à Saint-Malo, il me faisait arrêter en route pour
écouter chanter la grive... Il prétendait que ça
lui portait chance... Faut croire qu'elle n'avait
pas chanté, ce matin-là!...»

Évocations printanières

ÉVOCATIONS PRINTANIÈRES

Le printemps qui commence aux enfants est pareil :
Le rire avec les pleurs alterne à son réveil...

JE me répétais ces deux vers en me promenant tout morfondu à travers le Salon, le matin du *vernissage*, une froide matinée rendue plus maussade encore par la façon inhospitalière dont l'Association des artistes l'avait organisée cette année-là. Une grisâtre lumière attristait les galeries de tableaux; les statues blanches semblaient grelotter dans la vapeur d'eau qui imprégnait l'air, et on entendait au dehors l'averse ruisseler sur le cailloutis des allées. A voir cette glaciale ondée

arroser avec une désespérante continuité la jaune
verdure des marronniers, on eût dit qu'elle ne
voulait plus cesser jamais.

Et cependant, à quelques jours de là, le printemps se manifestait joyeusement et de triom-
phants coups de soleil séchaient les larmes de la
pluie. Les martinets, revenus de voyage, tour-
noyaient bruyamment dans le ciel clair, et, le
long des trottoirs, les marchandes de fleurs,
poussant leur charrette à bras pleine de giroflées, de narcisses et de lilas, mêlaient leurs cris
sonores à ceux des oiseaux printaniers. Par ces
premières belles journées de mai, il y a à Paris
une heure et une promenade délicieuses entre
toutes : l'heure, c'est le coucher du soleil ; la
promenade, c'est le trottoir des quais, depuis le
pont de la Concorde jusqu'au pont des Arts.
Les rayons obliques font miroiter la Seine entre
les branches des arbres de bordure ; les monu-
mentales façades des Tuileries et du Louvre se
teignent d'une suave couleur rosée, et, au fond,
le massif lumineux de la Cité découpe ses pro-
fils puissants, parmi lesquels les flèches de la
Sainte-Chapelle et de Notre-Dame s'élancent,
minces et fines, vers le ciel d'un bleu doux. Une

délicate harmonie de tons attendris donne à ce paysage parisien un charme rare, où chante toute la gamme des verts, des roses et des gris perlés. La verdure déjà foncée des marronniers prêts à fleurir, la frondaison plus tendre des peupliers, les jeunes pousses blondes des platanes, le gris cendré des saules, se marient discrètement avec la teinte légèrement carminée de la rivière, les lueurs d'aurore des façades et le ciel couleur de perle. A mesure que le soleil descend derrière le Trocadéro, tout cela se fond et s'assourdit, les contours s'estompent, et une pacifique sérénité, propice aux rêves, règne dans le ciel et sur l'eau.

— Ces soirées de mai, me disait mon ami Tristan, tandis que nous nous en revenions hier par le quai d'Orsay, ces soirées si jeunes, si claires, si pleines de suggestions tendres et reverdissantes, remuent au fond de moi un monde mystérieux d'impressions à demi effacées, de souvenirs presque confus. C'est comme un amas de germes qu'on croyait depuis longtemps avortés et qui se remettent tout d'un coup à verdoyer. Par moment, cela me fait illusion et il me semble que, sous une poussée de sève printanière, ma jeunesse va refleurir. Mais, hélas! ce n'est qu'une sève tardive et remontante, comme celle qui s'agite parfois dans les marronniers en octobre et qui fait repousser sur leurs branches effeuillées de rares bourgeons dont la plupart n'arrivent même pas à s'ouvrir.

Dans leur langage imagé, les Allemands prétendent que nous conservons tous en nous un mystérieux « jardin de Marie » (*Marien garten*) qui reste longtemps vert et s'épanouit même aux heures de la vieillesse. Eh bien, ce soir, je sens l'idéal jardin déplier silencieusement en moi ses verdures persistantes, et j'éprouve, à y retrouver d'antiques fleurs oubliées, la même douce émotion qu'éprouva Jean-Jacques lorsque, herborisant sur les pentes du mont Valérien, il y revit la pervenche et recontempla dans la corolle bleue de la fleur le lointain paysage des Charmettes...

Il y a trente ans, j'étais encore au collège, où je faisais ma philosophie, et, comme il convient à un collégien de dix-sept ans, j'étais platoniquement amoureux de la fille d'un de nos voi-

sins. Mon amour se contentait de peu. En revenant du collège, chaque matin, je passais devant
sa fenêtre située au rez-de-chaussée, je voyais son
profil de juive et sa tête brune à travers l'entre-
bâillement des persiennes ; nous échangions un
regard, un rapide salut, et c'était tout; mais
cela me faisait une provision de bonheur que je
ruminais pendant le reste de la journée. — Un
matin de mai, un matin brouillé de pluie et de
soleil, comme ces jours derniers, je passais
ainsi que d'habitude devant la fenêtre à demi
close ; tout à coup mon cœur fit un brusque sursaut, la persienne venait de s'entr'ouvrir, poussée
par une petite main brune, et je m'entendis
interpeller :

— Monsieur Tristan, disait la voix au timbre
clair de la jeune juive, voici le moment où la
pervenche va fleurir. Si vous allez au bois, n'oubliez pas de m'en rapporter!

— Je vais y aller tout de suite, mademoiselle !
m'écriai-je illuminé, et vous aurez de la pervenche avant midi.

Je plantai là ma leçon de philosophie et une
dissertation sur la *Sanction de la loi morale*, et je
partis bravement pour la forêt, qui était à une

lieue de la ville. Le ciel était tout plafonné de gros nuages noirs qui crevaient à chaque quart d'heure entre deux coups de soleil. Mais cela m'était bien égal ; la pluie pouvait bien tomber à verse ; le désir exprimé par la juive aux yeux noirs me tenait chaud au cœur et partout, et ensoleillait toute ma route. Jamais le paysage vaporeux et printanier de la forêt ne me parut aussi charmant. — Les hêtres commençaient à verdoyer, les fauvettes et les merles alternaient sur les lisières avec les rossignols, et, dans le fond de la futaie, le coucou faisait entendre ses deux notes graves, pleines et mystérieuses. Les dessous du bois étaient tout bleus de pervenches ; j'en cueillis des brassées et je m'en revins à la ville, trempé de pluie, mais portant d'un air victorieux ma botte de fleurs.

La jeune juive m'attendait derrière ses persiennes. Quand elle me vit de la fenêtre, elle me fit un signe rapide, et je compris qu'elle allait venir au-devant de moi dans le vestibule. Je gagnai, tout palpitant, le corridor qui menait à ce vestibule assez obscur, et, effectivement, je l'aperçus qui s'avançait dans l'ombre. Dans cette obscurité profonde, on ne distinguait que la lueur humide de ses yeux noirs et le bleu lilas des pervenches. Elle tendit les mains pour prendre le bouquet et, tout en le lui donnant, — enhardi par les ténèbres du vestibule — je saisis ses deux poignets et je les baisai, tout à travers les fleurs mouillées. — Brusquement elle les retira, posa son doigt sur ses lèvres et s'enfuit sans dire un mot...

Mon roman en resta là. Peu de temps après, je partis pour préparer mon baccalauréat à Paris, et à mon retour, à l'automne, j'appris que mon infidèle s'était mariée. — Je l'ai revue vingt ans plus tard. Elle était devenue énorme, son teint s'était épaissi, ses cheveux noirs s'étaient très éclaircis ; la svelte jeune fille d'autrefois avait fait place à une massive matrone... Mais qu'importe?... Le charme de ces amours de la dix-huitième année est presque tout entier fait d'idéal. La femme y entre pour peu de chose. — Ce qui fait éternellement refleurir ce souvenir de jeunesse, ce sont les détails qui l'encadraient : — cette première pointe printanière ; ce ciel brouillé de pluie et de soleil ; ces pervenches mouillées, cueillies en écoutant la musique des oiseaux; ce premier et furtif baise-main dans l'humide obscurité du couloir... enfin tout ce poétique accompagnement de l'amour qui survit à l'amour même. — « Rien, dit Joubert, ne nous plaît dans la matière que ce qu'elle a de presque spirituel, comme ses émanations; que ce qui touche presque à l'âme, comme les parfums et les sons; que ce qui fait illusion, comme les formes et les couleurs. » — L'illusion, tout est là.

La Médaille

LA MÉDAILLE

E suis, me dit le commandant Saint-Genis, de l'avis de cette jolie femme qui, en mangeant un bon fruit, s'écriait : « Quel dommage que ce ne soit point un péché ! » Il y a, en effet, des sentiments qui n'ont toute leur saveur que lorsqu'il s'y mêle un arrière-goût de fruit défendu. Les sensations éprouvées gardent alors je ne sais quoi de doux et d'amer qui en double le charme...

En janvier 1871, dans un des derniers combats qui eurent lieu autour du Mans, je fus grièvement blessé à l'épaule. On me ramena à Tours

et je fus dirigé sur une ambulance établie dans
la maison des sœurs de l'Espérance, rue des Ur-
sulines, au centre de ce quartier pittoresque et
silencieux qui s'étend derrière les *cloîtres* de la
cathédrale. C'est une demeure austère et som-
nolente, située entre cour et jardin et séparée de
la rue par un haut mur où des pariétaires pous-
sent dans les pierres noircies. La cathédrale Saint-
Gatien, qui est proche, allonge sa grande ombre
sur ce couvent où l'on entend tout le jour des
sonneries de cloches, mêlées aux cris rauques des
corneilles qui nichent au sommet des tours.

Pendant les premiers jours, absorbé par une
fièvre violente, je n'eus pas trop conscience de
ce qui se passait autour de moi. A travers mes
cauchemars, je percevais de vagues silhouettes
noires se confondant devant mes yeux troubles,
j'avais la sensation de mains très douces appuyant
ma tête sur l'oreiller, et de frôlements d'étoffe,
légers comme des bruissements d'ailes. Quand la
fièvre eut diminué et que mon esprit eut repris
sa lucidité, la première chose que je distinguai,
un matin, en m'éveillant, fut une charmante
figure de jeune sœur, encadrée dans une coiffe

blanche empesée et se penchant vers moi avec une sollicitude attendrie.

C'était la religieuse préposée à ma garde. Elle se nommait sœur Alexis, pouvait avoir vingt-quatre ans et me parut exquisement jolie. Un visage délicat et allongé, d'un blanc mat, avec de grands yeux couleur pervenche, un nez fin aux ailes mobiles, une bouche spirituelle, dont la lèvre supérieure était estompée d'un soupçon de duvet. — Sous les larges manches noires, ses mains effilées et douces arrangeaient les couvertures avec de minutieuses précautions, et ses paroles étaient encore plus douces que ses mains. Elle m'adressait des questions maternellement familières, auxquelles je répondais avec un timide embarras dont je ne suis pas coutumier. Il y a toujours quelque chose d'horriblement gênant pour un homme du monde, jeune et un peu vain, à être soigné par une jolie femme à laquelle il est obligé de se montrer dans le triste et vulgaire appareil des infirmités humaines. — Mais sœur Alexis s'acquittait de sa tâche avec tant d'esprit et de bonne humeur, qu'elle finit par triompher de ma fausse honte et par me mettre tout à fait à l'aise.

Dès que je pus manger, ce fut elle qui s'oc-
cupa exclusivement de ma nourriture. Elle m'apportait de petits plats appétissants, préparés avec
cette merveilleuse adresse culinaire dont les reli-
gieuses ont le secret. Pour vaincre mon manque
d'appétit, elle inventait des raffinements ingénieux, qui auraient ravi Brillat-Savarin lui-même. Je
me souviens surtout de certains bols de lait chaud
dans lequel avaient infusé des violettes fraîches,
dont la saveur était délicieuse. Il s'en exhalait une
odeur suavement printanière, et, en dégustant ce
lait parfumé, il me semblait respirer l'émanation
même de la jeunesse de sœur Alexis.

Je le lui dis un jour en riant, et cela amena sur
son blanc visage une couleur rose pareille à celle
qui teinte légèrement les fleurs d'amandier.
A mesure que je reprenais un peu de force,
nous causions plus longuement dans l'étroit
dortoir que j'occupais maintenant seul. Un feu
discrètement assoupi se consumait dans la cheminée; de temps en temps, un rayon de soleil
traversait la fenêtre et venait se poser sur mes
rideaux, et, au loin, nous entendions le tintement d'une cloche d'église. Sœur Alexis m'in-

terrogeait sur mon pays, sur la guerre, sur les batailles auxquelles j'avais assisté; moi, je la questionnais sur son enfance, sur les raisons qui l'avaient déterminée à s'enfermer à dix-huit ans dans les murs d'une communauté. — Elle était Tourangelle et avait été élevée au couvent des Dames blanches; sa mère était morte depuis longtemps, son père s'était remarié, et sa belle-mère lui avait rendu le séjour de la maison paternelle insupportable; alors, moitié par dépit, moitié par goût, elle était entrée comme novice chez les dames de l'Espérance.

A travers ses confidences discrètes et ses pieuses effusions, il me semblait démêler un vague regret de cette vie mondaine qu'elle avait à peine entrevue. Parfois elle se taisait, et, sous les plis amples du corsage noir, je croyais surprendre un mouvement de sa poitrine de vierge soulevée par un soupir étouffé. — Cet échange d'impressions, cette confiance réciproque qui nous poussait à nous conter mutuellement notre histoire, amenaient peu à peu entre nous une intimité plus douce. Je ne sais au juste ce qui se passait en elle, mais pour ce qui est de moi, je me sentais très attendri, très remué à son approche.

Deux ou trois fois nos regards se rencontrèrent et, en se fondant l'un dans l'autre, produisirent en moi un trouble qui ne dut pas rester inaperçu. Un soir même, après une causerie plus familière, comme l'une des mains de la sœur égalisait les plis de ma couverture, je ne pus résister à la tentation de saisir cette main fluette et blanche, et je crus sentir une faible pression répondre à la mienne...

Cela ne dura qu'une seconde à peine. Sœur Alexis s'éloigna lentement, et dans la demi-obscurité dont le jour crépusculaire emplissait déjà la chambre, je distinguai vaguement sa noire silhouette agenouillée devant une statue de la Vierge. Elle priait à mi-voix et j'entendais comme un doux balbutiement les syllabes latines des litanies : *Maris stella, fœderis Arca, Turris eburnea...* Cela me berçait et je finis par m'assoupir. Je crois que je rêvai de sœur Alexis, et je ne sais si ce fut rêve ou réalité, mais à un certain moment je crus sentir sur mon front, à travers le sommeil commençant, une mystérieuse caresse, quelque chose comme la moite et timide impression de deux lèvres très veloutées...

Le lendemain, quand je me réveillai tout heu-

reux de l'idée de revoir sœur Alexis, j'aperçus à
mon chevet une sœur que je ne connaissais pas
et qui ne ressemblait en rien à ma charmante
garde-malade. Je lui demandai si cette dernière
ne viendrait pas dans la journée; je n'obtins
pour toute réponse qu'un hochement de tête
avec des yeux levés au ciel, comme pour dire :
« Je ne sais rien. » De cette nouvelle gardienne,
en effet, je ne pus rien tirer que des réponses
insignifiantes, et jamais, pendant tout le reste
de ma convalescence, sœur Alexis ne reparut
dans mon dortoir. En revanche, à partir de cette
journée, j'eus chaque soir la visite de la supérieure : une aimable sexagénaire, très intelligente, qui avait vécu dans le monde et qui me
prit vite en amitié...

Nous causions ensemble avec une honnête
liberté, et une fois, profitant d'un moment d'ex-
pansion, je lui demandai si sœur Alexis était
partie et pourquoi j'avais été si brusquement
privé de ses soins.

— Monsieur, me répondit-elle avec un pâle
sourire, nos sœurs me regardent comme leur
mère spirituelle et un peu aussi comme la direc-

trice de leurs âmes... Sœur Alexis m'a ouvert
son cœur et, dans l'intérêt de son salut, j'ai cru
devoir l'éloigner... Elle a quitté Tours... Bonsoir, monsieur ; dormez bien !

Et, afin de ne pas être questionnée davantage,
elle me quitta. Quelques jours après, étant tout
à fait convalescent, je résolus de rejoindre mon
régiment. J'allai prendre congé de la supérieure
et la remercier. Tandis que je m'inclinais pour
sortir, elle alla chercher sur son prie-Dieu une
mince médaille d'argent et me la tendit :

— Tenez, monsieur, dit-elle, cette médaille a
été bénite à la Salette ; promettez-moi de toujours la porter sur vous...

Je promis, je remerciai encore et je partis.
Une fois dehors, j'examinai la médaille ; sur
l'une des faces, je crus apercevoir des caractères
qu'un burin inhabile avait gravés à fleur du
métal, et, en me servant d'une loupe, je déchif-
frai en effet ces deux mots : « Sœur Alexis. »

Je n'ai plus revu la charmante sœur aux yeux
pervenche, mais, tout mécréant que je suis, je
porte fidèlement sa médaille.

Physiologie du Mariage

PHYSIOLOGIE DU MARIAGE

—

Nous déjeunions gaiement l'autre semaine chez un peintre bien connu, dont la table hospitalière réunit tous les dimanches un petit groupe d'amis triés sur le volet : — artistes, gens de lettres, hommes politiques et hommes de science. — La salle à manger, dont la fenêtre s'ouvre sur un jardinet déjà vert, est tapissée de bas en haut de tableaux de maîtres et, si l'on a les mouvements trop brusques, on risque de crever pour vingt mille francs de peinture en reculant sa chaise. Heureusement il n'y a jamais plus de neuf convives, et comme les invités se connaissent tous de longue date, la conversation y est toujours d'une intimité charmante.

Ce jour-là, on causait médecine et on discutait la question du secret professionnel. On était arrivé à ce moment psychologique, entre le rôti et le dessert, où, sous l'influence d'un vin lampant et parfumé, les convives deviennent plus expansifs et les propos plus libres.

— Messieurs, dit le docteur en soulevant son verre plein de vieux bourgogne, non seulement je suis d'avis qu'un médecin doit être très réservé sur tout ce qui touche la santé de son malade, mais je pense qu'avec le malade lui-même, qui l'appelle en consultation, il y a des cas où le silence est d'or... Et, au sujet de la nécessité de ce silence prudent, j'ai là dans mes souvenirs une histoire que je puis vous conter sans indiscrétion, attendu qu'elle est déjà vieille et que les personnages du drame ont quitté la France depuis longtemps.

Là-dessus, après s'être éclairci la voix avec une gorgée de Corton, le docteur continua :

— Je donnais des soins à une jeune personne

fort jolie qui, dans le plein épanouissement de ses vingt ans, épousa par inclination un attaché de l'ambassade russe, très riche, très bien apparenté et très séduisant. Deux ans s'écoulèrent. Les nouveaux mariés étaient parfaitement heureux; seulement, au rebours de ce qui se passe dans les contes de fées, ils n'avaient pas d'enfants. Ce mécompte persistant commença à faire tache sur leur bonheur. La jeune femme en devint mélancolique, et le jeune mari, fort humilié de l'inefficacité de ses efforts, vint tout d'abord me consulter. Je lui affirmai que sa femme me paraissait admirablement constituée en vue de la maternité; je lui dis qu'en ces matières délicates, il y avait toujours de mystérieux aléas qui échappaient à la science, et que ce qui était différé n'était pas perdu; bref, je le réconfortai de mon mieux. Il s'en retourna un peu consolé; plusieurs mois se passèrent et les choses restèrent dans le même état. On consulta des spécialistes qui répondirent à peu près ce que j'avais répondu, prescrivirent un régime particulier, donnèrent de vagues espérances; mais l'héritier désiré ne vint toujours pas.

A quelque temps de là, je fus appelé près du

mari, qui se plaignait d'une affection des reins.
Afin de recueillir des signes diagnostics aussi
complets que possible, je soumis mon client à un
examen attentif et minutieux, et alors..., alors,
dame! je reconnus que, par suite d'une maladie
antérieure et qu'il est inutile de préciser, le jeune
Russe se trouvait dans l'impossibilité absolue,
non pas de remplir ses devoirs conjugaux, mais
de donner à sa femme la satisfaction de cette
maternité qu'elle désirait avec tant d'impatience.
Ainsi que je l'avais déclaré tout d'abord, l'épouse
était parfaitement en état de concevoir; — seulement le mari était irrémédiablement condamné
à ne jamais être père. — Un moment, j'eus la langue levée pour lui révéler franchement son état;
puis, réflexion faite, je gardai la chose pour moi,
et bien m'en prit, comme vous allez voir.

Je restais en relations affectueuses avec le jeune
couple; je le rencontrais souvent dans le monde,
et, environ un an après, je constatai un changement complet dans l'humeur de madame Adrienne; — nous lui donnerons ce nom, si vous le
voulez bien, pour la commodité du récit. — Sa
mélancolie s'était dissipée comme le brouillard

au soleil de mai. Elle était redevenue vive, gaie, amoureuse de bals et de plaisirs. En même temps, je remarquai près d'elle l'assiduité d'un ami du mari, un jeune homme charmant, nommé Savinien X..., beau cavalier, beau danseur, intrépide meneur de cotillon. De mon coin, j'examinais en silence le manège empressé du papillonnant Savinien, j'étudiais la métamorphose de madame Adrienne, et je me contentais de sourire philosophiquement en mon par-dedans.

Un matin, comme je travaillais dans mon cabinet, on m'annonça la visite du jeune Russe. Je vis entrer un homme dont la figure illuminée montrait tous les symptômes d'une joie contenue, mais profonde.

— Docteur, s'écria-t-il en me tendant les deux mains, vous voyez devant vous un homme heureux !

— Heureux ? répétai-je sans trop comprendre d'abord les motifs de cette joie qui éclatait brusquement.

— Oh ! reprit-il avec de petites mines comiquement discrètes, je ne devrais encore rien vous dire et Adrienne me grondera certainement... Mais tant pis ! je n'y puis plus tenir, et comme

vous avez été le premier confident de nos tristesses, il est juste que vous soyez le premier à
connaître notre bonheur .. Docteur, le ciel a
exaucé nos désirs, et j'ai l'espoir, j'ai la certitude
d'être père !

— Ah!... — Je fis un effort pour ne point
paraître trop effaré, et j'ajoutai après un court
silence : — Recevez mes meilleures félicitations
et transmettez-les à votre femme, mon cher, en
attendant que j'aille les lui porter moi-même.

— Certes, s'exclama-t-il, venez le plus tôt
possible!... Tenez, venez déjeuner avec nous
demain, sans façon... Nous boirons à la santé
d'Adrienne.

Je fus exact au rendez-vous, et le déjeuner se
passa très gaiement. Madame Adrienne n'était
nullement embarrassée de sa nouvelle position;
elle acceptait mes compliments d'un air bon enfant et avec une légère rougeur d'ingénue qui lui
allait à merveille. Quant au mari, il jubilait, il
exultait, embrassait sa femme, me serrait les
mains, parlait avec une volubilité d'homme gris.
Il aurait volontiers ouvert les fenêtres pour crier
aux passants : « Je suis père ! »

Comme nous prenions le café, on annonça
M. Savinien X...

Il entra de l'air aisé d'un familier de la maison.
A peine eut-il salué que le mari lui serra les
mains, et ne pouvant se contenir :

— Mon cher ami, lui dit-il, vous voyez un
homme heureux!... Je ne devrais encore rien
vous dire, et Adrienne va peut-être me gronder
de mon indiscrétion... (En même temps, il courait vers sa femme, lui prenait la tête câlinement
et se dodelinait contre son épaule.) Mais non,
n'est-ce pas, mignonne, tu permets?... Savinien
est un ami!... Tant pis! il faut que je parle!...
Mon cher, apprenez une grande nouvelle : le ciel
a exaucé enfin nos désirs, et j'ai la douce certitude d'être bientôt père !...

Tandis qu'il s'épanchait, j'étudiais les figures
de la jeune femme et de l'ami. Madame Adrienne
ne sourcillait pas; les femmes dans ces matières,
ont une morale à elles qui leur donne un aplomb
imperturbable .. Savinien était moins à son aise;
il rougissait, baissait les yeux et perdait contenance en essuyant les effusions du mari. Quant
à moi, j'étais fixé, et je me félicitais de ma pru-
dence.

Six mois après, madame Adrienne accoucha d'un garçon très bien portant et bien râblé. Tous les amis de la famille prétendent qu'il ressemble au mari. Et c'est bien possible... Ces choses-là sont si mystérieuses! — Mais songez-vous à ce qui serait arrivé si j'avais parlé au moment où j'ai découvert l'état d'infécondité du père *quem nuptiæ demonstrant?*... Hein! quel drame!... Au lieu de cela, les deux époux font très bon ménage ; ils vivent en Russie, l'enfant pousse comme un champignon, et mon ancien client est parfaitement heureux...

— Après tout, conclut le docteur en vidant son verre de Corton,

Qu'importe le flacon, pourvu qu'on ait l'ivresse?...

Si la vie n'est, comme on le prétend, qu'une hallucination logiquement continue, l'essentiel, pour les vivants, est qu'on ne leur ôte pas leurs illusions... C'est pourquoi je répète que, pour nous autres médecins surtout, le silence est d'or.

Conte de Pâques

CONTE DE PÂQUES

Ⅱ y avait à Séville, dans le faubourg de Triana, un garçon de quinze ans nommé Juanito *el Morenito*. Il était orphelin de père et de mère, avait poussé à la bonne aventure comme une herbe sauvage sur le pavé de Triana, couchait tantôt à la belle étoile, tantôt dans l'écurie d'une posada, se nourrissait d'une poignée de glands doux ou d'une friture achetée au rabais, et faisait pour vivre cent petits métiers dont le plus lucratif consistait à vendre des programmes aux portes des théâtres. Malgré ses vêtements en loques, c'était

un joli garçon, aux yeux lumineux, à la bouche
souriante, aux cheveux crépus, au teint fortement hâlé, ce qui lui avait valu son surnom de
Morenito. Il avait, du reste, un peu de sang
gitano dans les veines, et, comme les gitanos, il
était d'humeur indépendante, amoureux de
vagabondage et passionné pour les courses de
taureaux.

Le jour du vendredi saint, il s'éveilla avec
l'esprit morose. Pendant toute la quinzaine de
la Passion, les théâtres avaient été fermés, et
n'ayant pu exercer son métier de vendeur de
programmes, il ne possédait pas un *cuarto* en
poche. Sa pauvreté lui était d'autant plus sen-
sible que, le jour de Pâques, devait avoir lieu
une magnifique *corrida* de taureaux, avec Maz-
zantini et Frascuelo comme *spadas*, et que, vu le
vide de sa bourse, il serait forcément privé de
son spectacle favori. Néanmoins il résolut d'aller
chercher aventure dans les rues de Séville, et,
après avoir adressé une prière à la *Vierge de la
Esperanza*, à laquelle il était fort dévot, il secoua
les brins de paille qui étaient restés dans ses cheveux et se hâta de sortir de l'écurie où il avait
couché.

La matinée était magnifique. Sur le ciel d'un bleu foncé, la svelte tour rose de la Giralda se découpait avec netteté. Les rues étaient déjà pleines de gens de la campagne, venus à Séville pour assister aux processions des *Confradias*. En passant devant la place des *Toros*, le Morenito vit une longue queue d'amateurs qui assiégeaient déjà le bureau de location, et cela augmenta encore l'amertume de ses regrets. — Pendant quatre heures il battit le pavé de la rue Sierpes, humant l'odeur des fritures où des gâteaux à la cannelle se rissolaient dans l'huile bouillante ; suivant à la piste les toréadors qui se promenaient lentement devant les cafés et se pavanaient, moulés dans leur petite veste et leurs culottes étroites. Il se creusait le cerveau à chercher un honnête moyen de gagner quelques *pesetas* ; il avait en vain essayé de s'affilier aux vendeurs qui criaient les programmes des processions avec le nom des diverses confréries ; toutes les places étaient prises et on le rebutait partout. Enfin, n'en pouvant plus, le ventre creux, le dos recuit par le soleil, il déboucha sur la place de la Constitution, où devaient stationner les processions, et trouvant sous l'un des portails de la

Audiencia un recoin plein d'ombre, il résolut de
s'y reposer en attendant le passage des *Confradias*.

« Qui dort dîne, » et, à défaut de déjeuner,
le Morenito se paya une bonne tranche de sommeil. Il s'endormit bientôt profondément, et il
était, ma foi! très beau ainsi : étendu tout de
son long sur la dalle blanche, un bras replié sous
sa tête noire crépue, — fermant ses paupières
aux longs cils et entr'ouvrant dans un vague sourire ses lèvres rouges qui découvraient à demi
ses petites dents très blanches.

Pendant qu'il sommeillait, un couple de touristes vint à passer : deux jeunes gens, mari et
femme probablement, en tout cas, un couple
d'amoureux; cela se voyait à la façon dont ils
se donnaient le bras.

— Regarde donc comme il est joli, ce gamin,
dit le jeune homme à sa femme en s'arrêtant
pour contempler le dormeur, et quel charmant
tableau cela ferait!... Comme la pose est amusante! Tout y est, jusqu'au geste original de
cette main ouverte, qui a l'air d'attendre que
quelque aubaine y tombe pendant le sommeil.

— Sais-tu? reprit la jeune femme ; une bonne
surprise à lui faire, à ce dormeur, ce serait de
poser dans sa main une pièce blanche qu'il trou-
verait à son réveil?...

Les amoureux sont généreux. Le jeune homme
prit dans son porte-monnaie une pièce de cinq
francs et la posa délicatement sur la main
ouverte qui, par un mouvement machinal, se
referma à demi au contact frais du métal — puis
le couple s'éloigna en riant.

Le Morenito continuait à dormir, et, tout en
dormant, il rêvait. Il rêvait que sur une échelle
couleur d'arc-en-ciel, la Vierge pure de la *Esperanza* descendait jusqu'à lui. Elle avait dans ses
cheveux une couronne de lis et portait des roses
blanches dans ses mains. Et elle lui disait d'une
voix douce comme miel : « Juanito, tu n'as
jamais oublié de me prier matin et soir... En
l'honneur de la résurrection de mon fils, je veux
t'en récompenser... Tu iras aux *Taureaux* dimanche ! » — En même temps, la Vierge
secouait dans la main du Morenito les pétales
de ses roses blanches, et, en tombant, chaque
feuille de rose se changeait en une pièce d'ar-

gent, et le Morenito éprouvait une telle joie que
cela l'éveilla. Il s'étira, et de l'une de ses mains
— ô miracle ! — une pièce blanche s'échappa et
tomba avec un bruit argentin sur la dalle... Il
n'en croyait ni ses yeux ni ses oreilles... Il
ramassa la pièce. C'était une belle et claire pièce
de cinq pesetas. La Vierge ne s'était pas moquée
de lui, et il pourrait aller à la corrida !... — D'un
bond, il fut sur pied et se mit à courir vers la
Plaça de Toros.

Comme il tournait le coin de la *calle San
Pablo*, il faillit heurter une fillette du faubourg
de Triana, qu'il connaissait depuis l'enfance et
qui se nommait *la Chata*. Elle était très pâle et
avait ses grands yeux noirs pleins de larmes.

— Qu'as-tu ? Chata, lui demanda-t-il.

— Ma mère est malade, répondit-elle, et voilà
deux nuits que je passe sans me coucher... Le
médecin est venu ce matin et a ordonné des
remèdes. Je suis allée à la *botica*, mais le pharmacien n'a rien voulu me donner à crédit...
Que faire ? Si les cloches sonnent pour elle,
elles sonneront aussi pour moi... Je ne lui sur-
vivrai pas !

Le Morenito resta pensif un moment, les yeux plongés dans les yeux noirs humides de la Chata, puis brusquement, prenant la pièce miraculeuse, il la mit dans la main de sa petite ame.

— Tiens, *nina mia*, dit-il, prends cet argent ; il me vient de la Vierge de la *Esperanza*, et la *bonita Madre* ne sera pas fâchée si je l'emploie à guérir ta mère...

La Chata était si émue qu'elle ne prit même pas le temps de le remercier, et qu'elle courut sans se retourner chez le pharmacien...

Il était écrit que le Morenito n'irait pas décidément à la première course de taureaux. Mais, comme il y a des compensations au monde, il n'en passa pas moins un gai dimanche. — Ce jour-là, la mère de la Chata allait mieux, et celle-ci vint remercier Juanito dans la cour de la posada. Elle avait fait un brin de toilette et, avec le reste de l'argent du Morenito, elle avait acheté deux roses rouges qu'elle avait piquées dans ses cheveux noirs. — Ils s'en allèrent tous deux se promener le long du Guadalquivir, sous les orangers en fleurs de l'Alameda.

Le printemps avait mis je ne sais quelle flamme

19

dans les yeux de la Chata, et peut-être aussi un sentiment plus tendre contribuait-il à cette illumination. Quand ils se trouvèrent dans un recoin plus ombreux, formé par de hauts buissons de myrtes, la fillette jeta brusquement ses deux bras autour du cou du Morenito, et lui dit sans la moindre fausse honte : « *Te quiero, companero!* » (Je t'aime, camarade !) Et tandis que les cloches sonnaient pour la fête de Pâques, ces deux enfants de quinze ans savourèrent leur premier baiser d'amour.

Les Cerises

LES CERISES

BIEN qu'il eût trente-deux ans sonnés et une solide expérience de la vie, bien qu'il se fût toujours déclaré un célibataire endurci, Jacques Le Baron s'était un beau jour laissé prendre au trébuchet du mariage. Sermonné par sa famille, chapitré par des amis communs, harcelé par une vieille cousine qui occupait les loisirs de sa viduité en faisant des mariages, il avait, de guerre lasse, consenti à être présenté dans la maison de M. Brichard, notable commerçant retiré des affaires et possesseur d'une fille nubile. Mademoiselle Eulalie Brichard était une blonde blafarde, une de ces blondes qui ont des cils blancs et des yeux d'un bleu pâle. Au point de vue plastique, elle laissait à désirer, ayant une poitrine plate et peu de hanches, mais elle possédait une dot de trois cent mille francs et avait été supérieurement et sévèrement élevée, disait-on, par une mère à principes et qui se piquait de littérature. A la vérité, la littérature en honneur chez les Brichard était particulièrement odieuse à Jacques Le Baron; on n'y lisait que des livres imprégnés d'une religiosité prétentieuse, des romans douceâtres et des journaux de modes. Mais il passait là-dessus en se promettant, une fois marié, de soumettre sa jeune femme à un régime de lectures toniques et fortifiantes.

En attendant, il était agréé en qualité de fiancé et admis à faire une cour régulière à mademoiselle Brichard. Comme on entrait dans la belle saison, cette cour se faisait à la campagne, dans une propriété que les Brichard possédaient à Verrières-le-Buisson, sur le versant du coteau qui domine Châtenay; — une confortable et bourgeoise demeure, arrangée à souhait pour satisfaire les goûts artistiques d'un commerçant

enrichi dans la fabrication du meuble de luxe.
La maison était ornée d'une tourelle Renaissance,
et la façade, décorée de revêtements de faïence
émaillée qui tiraient l'œil. Les allées, sablées de
frais et proprement ratissées, contournaient des
pelouses soigneusement tondues, agrémentées
de massifs de plantes à feuillages colorés formant
des dessins bizarres qui les faisaient ressembler à
des salades de capucines et de bourrache. Des
fenêtres du salon, on voyait une de ces pelouses,
au milieu de laquelle un maigre jet d'eau arro-
sait les blocailles d'un rocher artificiel.

Oh ! ce salon au meuble sorti des magasins de
la maison Brichard, avec son tapis à fleurs, sa
garniture de cheminée en Chine moderne, ses
jardinières ornées de plantes vertes, et, sur les
murailles, ses quatre gravures d'après Ary
Scheffer : — *Saint Augustin et Sainte Monique,
Mignon et le harpiste, Mignon regrettant l'Italie,
Mignon aspirant au ciel !* — Jacques y avait
froid aux os, en écoutant sa fiancée parler pendant de mortelles heures de l'œuvre des *Jeunes
Économes de Marie* dont elle était vice-présidente,
et sa future belle-mère paraphraser d'un ton sen-

tencieux des pages entières du *Génie du Christia-
nisme*. Ces deux femmes ne comprenaient rien à
la campagne, bien qu'elles l'habitassent pendant
cinq mois de l'année; tout ce qui était nature
leur faisait horreur : les fleurs leur donnaient la
migraine; elles ne se promenaient jamais à travers champs à cause du hâle ou de la rosée; elles
avaient supprimé la basse-cour et le poulailler,
parce que la chanson matinale des coqs les
empêchait de dormir. Et, avec cela, elles débi-
taient sentimentalement des phrases toutes faites
sur les oiseaux, les petites fleurs bleues et les
étoiles; des phrases de romance qui avaient le
don d'agacer les nerfs de Jacques Le Baron. Dans
ce milieu prétentieux, artificiel et bourgeois, il
sentait un ennui morne tomber du plafond
comme une pluie grise et pénétrante et lui
morfondre les épaules. Plus il allait et plus les
heures qu'il était forcé de consacrer à cette cour
fastidieuse lui semblaient autant de lourdes
corvées.

Une après-midi de juin, tandis qu'il entrait
dans le salon des Brichard, le front bas et la
mine résignée, il trouva sur le seuil madame Bri-

chard en toilette de gala. Elle se rendait avec
sa fille à Antony, où elles devaient assister
à je ne sais quelle cérémonie de bienfaisance,
et elle annonça à Jacques qu'on lui donnait
campos jusqu'au soir. Il en éprouva une sourde
satisfaction qu'il déguisa hypocritement, et résolut d'employer ces heures de liberté à vagabonder à travers champs. Tandis qu'un break
emmenait à Antony tout le clan des Brichard,
il s'élança joyeusement dans une direction
opposée et prit un chemin qui descendait vers
Châtenay.

On était aux environs de la Saint-Jean; il faisait un beau et clair soleil, et dans ce pays aux
cultures variées la campagne avait un aspect
luxuriant, plantureux, épanoui, qui réjouissait le
cœur et les yeux. Les rossignols chantaient
encore, et dans les bois de Verrières le roucou-
lement des ramiers alternait avec les soupirs
sonores du coucou. Sur les versants du coteau,
des champs de fraisiers, de cassis et de framboisiers étalaient des verdures foncées qui entrecou-
paient çà et là des champs de seigle onduleux et
des carrés de trèfle incarnat, semblables à des
bandes de velours cramoisi. Des pépinières de

rosiers bordaient le chemin et des roses s'ouvraient dans l'ombre. L'herbe haute foisonnait
sur les talus, et dans le frisson des tiges ver-
doyantes des touffes de coquelicots semaient
des taches éclatantes. Au long des jardinets
avoisinant les maisons, d'énormes pivoines
balançaient leurs têtes rubicondes, et parmi les
vergers les fruits des cerisiers commençaient à
rougir.

Au milieu de cette végétation exubérante,
sous ce grand soleil souriant, Jacques jouissait
délicieusement du spectacle de cette abondance;
la gloire des fleurs, le vert reposant des feuillages, la maturité des fruits, lui dilataient le
cœur. Ses nerfs se détendaient. Toutes ces
notes rouges répandues dans la campagne lui
égayaient voluptueusement les yeux, et il se
plongeait avec allégresse dans un bain de nature.
Il ne se lassait pas de marcher, il éprouvait un
intense plaisir à se perdre dans les sentiers verts
et fleuris, et les heures passaient sans qu'il s'en
aperçût.

Au coucher du soleil, il se trouva, au détour
d'un chemin, face à face avec une jeune paysanne
de vingt ans : une belle fille bien campée sur

ses hanches, au teint brun et rosé, aux cheveux châtains un peu en désordre et aux yeux luisants. Vêtue d'un casaquin d'étoffe claire qui lui serrait la taille et retombait sur une jupe d'indienne rouge, elle était adossée au talus et occupée à assujettir sur ses épaules un énorme faix de trèfle fraîchement coupé et enveloppé dans un tablier bleu ; — mais la botte de verdure était trop lourde et oscillait tantôt à droite, tantôt à gauche, échevelant un peu plus ses cheveux frisottants. Elle se dépitait, rougissait et s'essoufflait.

— Permettez-moi de vous donner un coup de main, dit obligeamment Jacques.

Elle le regarda, sourit en montrant ses dents blanches et murmura :

— Ma foi ! ça n'est pas de refus !

Il monta sur le talus et souleva lestement le paquet d'herbes que la jeune fille empoigna avec ses bras nus et maintint sur sa tête : puis, d'un souple mouvement des hanches, elle se redressa et se mit à marcher lentement à côté de lui.

— Sommes-nous loin de Châtenay ? demanda Jacques.

— Nenni, j'y descends et je vas vous montrer
le chemin.

Ils suivirent côte à côte le sentier ombragé de
noyers. Tout en marchant, Jacques respirait à
pleins poumons la bonne odeur d'herbes coupées
qui semblait s'exhaler du corps de cette belle
fille saine et souriante. Le soir venait et les
ombres s'allongeaient. A l'un des détours du
sentier, ils virent dans le fond les toits de Châtenay fumer dans les arbres, et au même moment
ils débouchèrent au long d'un verger plein de
cerisiers dont les fruits mûrs rougissaient au crépuscule.

— Oh ! les belles cerises ! s'écria Jacques ;
elles donnent soif rien qu'à les voir !

— A votre service, reprit la paysanne, les
cerisiers sont à nous et je puis vous en offrir...
Tenez, montez là, sur le talus...

Elle avait jeté bas son paquet d'herbes et
avait elle-même gravi le talus, comme pour lui
montrer l'exemple. Ses bras nus fourrageaient
les branches, et elle tendait à Jacques de pleines
poignées de bigarreaux rouges, qu'ils croquaient
de compagnie.

Quand il fut rassasié de cerises, elle lui en emplit encore les poches, puis sautant dans le fossé :

— Maintenant, dit-elle, aidez-moi à recharger mon herbe.

Il obéit, mais affriolé par ces yeux luisants, ces lèvres souriantes et cette ronde poitrine qui se tendait vers lui, il profita de ce qu'elle retenait de ses deux mains les coins du tablier bleu pour lui poser sur le cou et sur la bouche deux baisers qui la firent éclater de rire.

— Vous êtes gourmand, vous, s'exclamat-elle, et vous ne vous gênez pas !.. Sans rancune tout de même ; si vous repassez un de ces jours par ici et que nos cerises vous fassent envie, demandez la Mélie Hannequin, et on vous en baillera à votre contentement...

Là-dessus, elle rit encore et s'en alla en se balançant sur ses hanches, la taille cambrée et les bras relevés comme ceux d'une canéphore antique...

Jacques Le Baron la regarda s'éloigner et, quand il ne vit plus dans la verdure ni le tablier bleu ni la jupe rouge, il tourna brusquement le dos à la villa des Brichard, gagna la gare de

Sceaux et prit son billet pour Paris. Cette plongée en pleine nature, le spectacle de cette gaillarde fille et ce baiser l'avaient dégoûté à jamais de l'intérieur des Brichard et de sa fiancée blafarde aux cils blancs.

Et voilà comme son mariage avec Eulalie fut rompu... pour des cerises.

Noël en Forêt

NOËL EN FORÊT

ETTE année-là, il avait fait, la veille de Noël, un froid noir pendant toute la journée, et le village semblait comme engourdi. Les maisons étaient hermétiquement closes, et closes aussi les étables où le bétail ruminait sourdement. De loin en loin, dans la rue déserte, des claquements de sabots résonnaient sur la terre durcie, puis une porte ouverte se refermait en hâte et tout rentrait dans le silence. A voir au-dessus de chaque toit les cheminées fumer abondamment dans l'air gris,

on devinait que la population entière demeurait
blottie autour de l'âtre *clairant*, où la ménagère
préparait les grillades du réveillon. Les grèves
au feu, le dos arrondi, la mine épanouie par la
perspective de la fête du lendemain et l'avant-
goût des boudins gras et juteux, les paysans faisaient la nique au vent du nord qui balayait la
route, au givre qui saupoudrait les ramures de la
forêt voisine et à la gelée qui vitrifiait les ruis-
seaux et la rivière. — Imitant cet exemple, l'ami
Tristan et moi, nous avions passé, dans la vieille
maison de l'Abbatiale, toute notre journée au
coin du feu, à fumer des pipes et à lire des vers.
Pourtant, à la tombée du jour, fatigués de notre
réclusion, nous nous décidâmes à mettre le nez
dehors.

— Les bois doivent être curieux par ce
givre, dis-je à Tristan; j'ai un renseignement
à demander aux sabotiers du Courroy, et, si
tu veux, nous ferons un tour en forêt avant le
souper...

L'instant d'après, guêtrés jusqu'aux genoux,
bien emmitouflés dans nos pelisses et ayant ral-
lumé nos pipes, nous nous enfoncions sous la
futaie.

Nous cheminions allègrement sur le sol gelé et raboteux de la tranchée sillonnée de profondes ornières glacées. A droite et à gauche, les taillis étalaient de mystérieuses et confuses blancheurs. Le vent de bise, survenant après une nuit humide, avait métamorphosé les bruines et les vapeurs qui humectaient les branches en un fouillis de neigeuses dentelles. Dans le demi-jour crépusculaire nous distinguions encore les aiguilles diamantées des genévriers, les houppes poudrées à frimas des clématites, les cristallisations bleuâtres des fines retombées des hêtres et les filigranes d'argent des noisetiers. Dans toutes ces ramures givreuses, il y avait de sourds craquements et, par intervalles, des envolées d'impalpables poussières blanches qui venaient mouiller nos joues en s'y fondant.

Comme nous marchions d'un bon pas, au bout d'une heure, nous aperçûmes, à travers les fûts sveltes de la hêtraie d'Amorey, les lueurs rouges et dansantes du campement des sabotiers, établi au revers de la futaie, au-dessus d'une source qui descendait vers la combe de Sante-

noge. L'installation consistait en une spacieuse
hutte conique, aux revêtements de terre, et en
une loge aux parois de planches soigneusement
calfeutrées de mousse. La hutte servait de dortoir et de cuisine; la loge hébergeait les outils,
les sabots confectionnés, et en outre deux ânes
employés au transport de la marchandise. Les
sabotiers — maîtres, compagnons et enfants —
étaient assis sur des billes de hêtre autour du feu
allumé devant le seuil de la hutte, et leurs mou-
vantes silhouettes se profilaient énergiquement en
noir sur la rougeur du foyer. — Suspendue à
trois pieux unis en faisceaux, une marmite bouil-
lait sur la braise, laissant échapper avec des
jets de vapeur une appétissante odeur de civet
de lièvre.

Le maître, un petit homme guilleret, nerveux
et poilu, nous accueillit avec sa bonne humeur
ordinaire :

— Asseyez-vous et chauffez-vous un *m'chot*
(un peu), nous dit-il; vous nous voyez en train
d'apprêter notre souper du réveillon... J'ai en idée
que nous ne dormirons pas trop c'te nuit, car la
bourgeoise est en mal d'enfant. Je lui ai dressé
un lit dans la loge, où elle sera plus à l'aise et au

chaud, à cause du voisinage de nos bêtes. Mon aîné est allé à Santenoge quérir la *bonne femme* (la sage-femme); ça presse...; ma cadette ne fait qu'aller et venir de la hutte à la loge, et il y aura du nouveau c'te nuit pour sûr...

Nous étions à peine assis près du feu depuis cinq minutes, que de légers flocons de neige commencèrent à tourbillonner dans l'air; puis cela s'épaissit insensiblement et, en moins d'un quart d'heure, cela tomba si dru, qu'on fut obligé d'abriter le foyer sous une claie recouverte de sacs de grosse toile.

— *Ma fine!* messieurs, reprit le maître sabotier, vous ne pouvez pas rentrer chez vous par cette méchante neige-là!... Vous allez être forcés de réveillonner avec nous et de goûter de notre fricot!...

Le temps, en effet, n'était pas engageant, et nous acceptâmes l'invitation. D'ailleurs, l'aventure nous semblait amusante, et ce réveillon en plein bois n'était pas pour nous déplaire. Une heure après, nous étions attablés dans la hutte, aux lueurs d'un maigre lumignon, et nous dévorions de bon appétit le civet de lièvre, en l'arrosant d'une piquette qui nous raclait un tantinet le gosier. La neige tombait de plus en plus serrée, épandant sur la forêt de blanches jonchées qui assoupissaient tous les bruits à l'entour. De temps en temps, le sabotier se rendait à la loge, puis revenait inquiet, tendant l'oreille et impatient de voir arriver la sage-femme. — Tout à coup, du fond de la combe, montèrent doucement des tintements de cloche, assourdis par la neige; dans une direction opposée, une seconde sonnerie répondit à la première, puis une troisième, et bientôt, de tous côtés, par-dessus les bois, s'envolèrent de confus carillons de Noël.

Tout en mastiquant et en buvant à la régalade, les compagnons s'évertuaient à reconnaître la provenance de chaque sonnerie, d'après l'ampleur ou la ténuité des sons.

— Ça, disait l'un, ce sont les cloches de Vivey; elles ne font quasiment pas plus de bruit que les sonnailles de nos baudets.

— Ah! voici le bourdon d'Auberive!...

— Oui, et cette volée là-bas qui ressemble à un ronronnement de hanneton, c'est le carillon de Grancey...

Tristan et moi, pendant cette discussion, nous subissions l'action combinée de la chaleur du brasier et du travail de la digestion. Nos yeux papillotaient, et nous finîmes par nous endormir sur les lits de mousse de la hutte, aux sons berceurs de toutes ces cloches de Noël.

Un cri perçant et une rumeur de voix joyeuses nous réveillèrent en sursaut, et nous nous frottâmes les yeux.

La neige avait cessé, la nuit commençait à pâlir, et, à travers la baie de la hutte, nous distinguions au-dessus des branches floconneuses un ciel plus clair où tremblotait une dernière étoile.

— C'est un garçon! s'exclamait le maître sabotier. Messieurs, si vous voulez venir voir le *gachenet*, ça me fera plaisir et ça lui portera chance!

Nous le suivîmes à travers la neige craquante jusqu'à la loge, qu'éclairait une lampe fumeuse. Sur son lit de lattes et de mousses, parmi les couvertures de laine, l'accouchée, épuisée du travail de l'enfantement, renversait sa tête pâle, encadrée dans un foisonnement d'épaisse chevelure rousse. La *bonne femme*, aidée de la sœur cadette, était en train d'arranger le marmot, qui vagissait faiblement. Les deux ânes, ébaubis de ce remue-ménage, tournaient bienveillamment leur tête grise vers le lit, secouaient leurs longues oreilles, ouvraient tout grands leurs yeux intelligents et envoyaient par leurs naseaux une haleine chaude qui se changeait incontinent en buée. Au chevet, un berger, ami du fils aîné, s'était agenouillé et montrait à l'accouchée une chèvre blanche et noire, accompagnée de son chevreau :

— Je vous ai amené notre *gaille*, mame Fleuriot, disait-il avec son traînant accent langrois; elle servira de nourrice au *gachenet*, en attendant que vous sachiez si vous avez assez de lait.

La chèvre bêlait, l'enfant vagissait, les deux ânes reniflaient bruyamment. Tout cet ensemble avait je ne sais quoi de primitif et de biblique qui vous prenait doucement le cœur. — Et au dehors, dans la clarté lilas du jour naissant, tandis qu'au loin une cloche matineuse égrenait déjà sa sonnerie argentine, l'un des jeunes apprentis, dansant sur la neige pour se dégourdir, répétait à tue-tête ce fragment d'un vieux noël qu'il accommodait à la circonstance :

> Il est né, le petit enfant,
> Sonnez, haubois, résonnez, musettes !
> Il est né, le petit enfant,
> Chantons tous son avènement !

TABLE

www.ingramcontent.com/pod-product-compliance
Lightning Source LLC
Chambersburg PA
CBHW071846020726
47502CB00003B/623